灰色浪漫

燃绛子／著

国际文化出版公司

·北京·

图书在版编目（CIP）数据

灰色浪漫 / 燃绛子著. —北京：国际文化出版公司，
2013. 11

ISBN 978-7-5125-0608-4

Ⅰ.①灰… Ⅱ.①燃… Ⅲ.①长篇小说－中国－当代
Ⅳ.①I247.5

中国版本图书馆CIP数据核字（2013）第275085号

灰色浪漫

作　　者	燃绛子	
责任编辑	戴　婕	
出版发行	国际文化出版公司	
经　　销	全国新华书店	
印　　刷	北京紫瑞利印刷有限公司	
开　　本	880 毫米×1230 毫米　32 开	
	8 印张　　　　　　157 千字	
版　　次	2013 年 11 月第 1 版	
	2013 年 11 月第 1 次印刷	
书　　号	ISBN 978-7-5125-0608-4	
定　　价	26.00 元	

国际文化出版公司
北京朝阳区东土城路乙 9 号　　邮编：100013
总编室：（010）64271551　　传真：（010）64271578
销售热线：（010）64271187
传真：（010）64271187-800
E-mail: icpc@95777.sina.net
http://www.sinoread.com

序
Preface

　　记得那年春夏之交，川西平原的油菜花开成铺天盖地的亮黄色，有天夜里我百无聊赖之时，突然收到一条陌生短信：明晚蹦迪，禁止缺席。我愕然，随即一笑了之。不想没过几分钟那个陌生号码又发来了第二条短信：发错了哈，不好意思。这下却彻底击碎了我的平静，我在想，如果我能顺水推舟，勇敢地进入角色的话，会不会有一段可遇而不可求的浪漫艳遇呢？

　　这便是这个故事的起源。现实中除了收到两条短信十六个字之外，我连屁都没多放一个，可是那个发错短信的姑娘（也可能是长着三寸护心毛，一把络腮胡的彪形大汉）也许并不知道，她（他）当年无心遗落的种子，已在我这里长成一个完整的故事，枝繁叶茂，迎风招展。

　　好吧，我承认我想得太多了。

　　可是大多数灵感都来得这么无厘头，但就是这样微弱的灵光一现，促使人不断地痴心妄想着，然后涓滴意念，侥幸汇成河。

　　在这里我把自己的故事买一赠一的搭给你，就是希望有一天在你平铺直叙的生活里，突然灵光一现的时候，你能多些突发奇想，从循规蹈矩的思维惯性里跳出来。如果和我一样，连屁都不打算多放一个的话，至少做到气运丹田，哪怕看起来像气运丹田也行。有些事，想想也是好的。

不过这个故事本身写得并不好，前面太傻×后面太装×，我还是没有像自己想象的那样，把自己的喜怒哀乐隐藏在故事之外。可是，牛×的是，我居然坚持下来写了这么多字，或许这对很多人来说完全算不上什么。

故事截取了普通年轻人不到两年的情感生活轨迹，很简单也很短。很多朋友说你这个故事还没有写完。是啊，两年之外的故事还在继续着，却终要说再见，只是我已无心再截取。此刻我正走在自己新的路上，风总是来自迎面的方向，我穿过黑夜和白天，穿过山脉和河流，穿过阴霾和晴朗，我在每一个岔路口停下来回望，怕你看错了我转弯的方向。

最后，向在书中不幸被我恶搞的两位偶像致歉，现如今你们一个在天上，一个在人间，那我就遥祝你们分别在天上人间玩得开心。

【1】

　　下午公司没什么事情，正无聊的时候收到一条短信：

　　"周五晚上有活动，蹦迪，顺便秀一下你的新裙子噢，不许缺席！"

　　再看号码，是个陌生号码。我心思量这谁呀，我一大老爷们秀什么裙子呀！秀秀内裤还差不多，估计是发错了。正准备删掉，突然转念一想，何不拿这人消遣一下呢？反正闲着也是闲着，谁让这个猪头不小心呢？短信也能发错。再说发错就发错呗，偏偏是发给了我？

　　我这一消遣不要紧，引发了后来一系列的事情。

　　我顺水推舟回了一条短信："都谁啊，人多吗？"在等待那边回复的间隙我揣摩起了这人的身份，男人？女人？老年？中年？青年？什么职业？等等等等。

　　首先肯定是个年轻人，这么热衷蹦迪肯定是年轻人；其次很可能是个女人，这一点从她对观赏别人新裙子的热衷程度可以得出，至于职业嘛，还不好说。不过"年轻女人"这个基本判定已经足够引起我的兴趣，唯一不知道的是漂不漂亮。

　　正揣摩着她的短信回过来了："你，我，薇薇，张子露，就我们四个噢。"从这条短信可以完全判定对方是个年轻女人，而且这条短信另外一个附加信息是：一个年轻女人携她的三个女伴集体投怀送抱。我是不是要走桃花运了？

　　我又回了一条短信："在哪啊？几点钟啊？"我要尽量模仿女人的腔调发短信才不会引起怀疑，女人的短信一般总会在末尾加一些语气词，要是祈使句她们通常会加上"噢"。比如"你快过来噢"，"别迟到了噢"；疑问句通常会加上"啊"在话的末尾，所以我刚才的短信不是像男人之间交流的那样简洁明快："在哪？几点？"而是都在后面加了一个"啊"字。

　　对方的短信很快回了过来："七点半在红灯笼吃饭，张子露请客噢，吃完饭去醉城，怎么样，好主意吧？"这个女人有些自以为是，这样的问句，不但是自问自答，而且替别人都回答了，从语法上别人已经没有提出异议的余地了，只能点头说好。不过对于那个叫张子露的姑娘来说，就算不上是好主意了。

　　"醉城"是本市最大的一家迪厅，也算是比较正规的，在东大街，读书的时候去过几次，后来上班了就很少去了。"红灯笼"是一家中式快餐店，在市内有几家分店，要是吃完饭直接去"醉城"的话，那她所说的"红灯笼"肯定是解放路那家了，那是离"醉城"最近的一家，连马路都不用过。

　　我又迅速回了一条短信："对了，把张子露的号码给我发一下噢，上次邻居的小孩拿我手机打游戏，还回来时就没了她的号码，估计让小孩给删掉了。"

没过一分钟短信回过来了，只有十一位阿拉伯数字。

我用办公室的电话给张子露拨了过去，接通后一个非常温柔的女人声音说了一声"喂，哪位"。嗓音甜美且语调婉转。如果可以从声音来推断外表的话，张子露一定是天仙级别的。

"喂，请问你是张子露吗？"

"是我，您是哪位？"

"哦，是这样的，我今天拣到一部手机，号码是……"我把刚才发错短信那个人的号码念给了张子露，"我看上面存有你的号码，就冒昧给你打了这个电话，我想你应该认识失主吧？"

对方一阵沉默。大概没反应过来是怎么回事，还是在分析事件的真实性？

"要不算了，我打给手机上这个叫……薇薇的吧，打扰了。"

我并没有挂电话，而是等着对方的下一步反应。

"韩朵！"对方突然的一声喊吓了我一跳，"是我的朋友是我的朋友，她叫韩朵，哎呀，她怎么这么猪头呀！手机又给弄丢了！"

原来是半天没反应过来，我松了口气，接着往下编："没关系，现在不是找回来了嘛！手机现在怎么交给你们呢？"

"不用麻烦你了，你给她打电话让她去你那取就行了，她的手机号码是……"

"她的手机不是在我这里么。"估计张子露的胸很大——常言道胸大无脑。

"噢，忘了忘了，那你的手机是多少，让她给你打过去。"

"我没有手机，没看这是座机号码嘛，我在打公用电话，我刚来城里干活不久。"

"那怎么办啊？"张子露有些急了，这一急更加验证了关于她胸大的推断——韩朵的手机不是在我手里么。

"这样吧，你把韩朵的地址告诉我，我给她送过去。"

"这……这怎么好意思呢。"

"没什么不好意思的，我是送报纸的，说不定正好顺路呢。"我使劲憋住笑。

"那……那就麻烦你了师傅，韩朵的地址是，朱雀大街7号文艺大厦1602室，远扬广告公司，她是美编，在美编室找她就行了。"

挂上了电话后我看看日程，周五晚上正好有空，好吧，我决定门前捡漏。

看了看表，该下班了。

【2】

我是一家热水器公司驻西安的销售处的业务员，26岁，单身。

现在正值春末，热水器生意的淡季，也是我一年中最清闲的时候，最近上班也就是和办公室的几位美女晒晒牙齿吹吹牛，要不就上上网，下了班就去找客户喝酒打牌，偶尔去酒吧里泡个妞什么的，神仙一样的日子。

再说说办公室另外几位神仙，其实我们销售处就7个人：经理，我，马脸，孙姐，秘书小孙，财务小何和库管小许。其中男女比例3∶4，男士有我、马脸和小许。

马脸是我搭档兼哥们，也是业务员；小许叫许宏建，是库管。

女人嘛，首先经理是个女人，叫沈玉婉，三十二三岁左右，姿色一般，但女人总有女人的味道嘛，沈总很平和，不像其他领导那样端起个架子，见我们老是一脸笑容，我和马脸调戏其他女同事的时候她也偶尔掺和进来替她们解个围，但尺度把握得很好，随和但不失庄重。

接下来说说孙姐，是个标准的熟女，三十岁左右的少妇，秀色可人，也会打扮自己，波浪式的披肩发，瓜子脸，五官要是单个拿出来说的话并无过人之处，可凑到一块看你就不由得不说这是个美人面孔了，皮肤白皙且身材玲珑有致，身上的衣服总是随潮流而改变。说她是熟女并不是指的这些，而是说这个女人思想活泼口齿伶俐，常和我们开一些让人浮想联翩的玩笑又能在我们刚要浮想联翩的时候踩一脚刹车戛然而止，用马脸的话说就是这个女人是个反调戏高手。孙姐叫孙梅，同样是业务员。

公司还有另一个叫孙玫的就是秘书小孙，不过小孙是玫瑰的玫，二十二三岁的样子，是公司青春派清纯少女的代表，长相是最甜美可人的，常受我和马脸语言调戏，原先一被调戏就涨红了脸，与她同名的孙姐马上过来护驾，现在居然可以应付一两句，我自叹又摧残了祖国花园里的一朵鲜花，罪过罪过。

还有一位女士就是财务小何，何玲，是那种闷死了不说话型的，戴着眼镜，只管按手中的计算器。

我们公司所在的写字楼叫"华天大厦"，与相邻的"华地大厦"属于同一个开发商，两座楼的地下停车场也连成一体，所以显得格外空旷，取车很费劲，因为要走很长的路。

我把车开出来的时候，孙梅已经等在外面了。远看上去这娘们身材真是不赖，上身穿一件淡绿色无袖T恤，而且还是紧身的，裹得胸口两团肉愈发惹眼；下身却是一条白色宽摆裙，修长的小腿一览无余。上身裹的紧绷绷的，下身却宽宽大大，把该显的地方全显了，该凹全凹了，更显得身材玲珑有致，这女人他娘的！

平时上下班都是她老公接送的，这几天她老公出差了，她又不会开车，所以就搭我的顺车了，还好我上班经过她住的小区。

说到这里不得不说件趣事：她老公刚开始出差的时候，她还挤过几次公交车，结果有次早上上班，在公交车上站她后面的一个男人不知怎么给流鼻血了，估计也是她身材太惹火了，那男人把持不住了。当时的情况是这样的，公交车上很挤，孙梅扶着外侧的低扶手，大家都知道低扶手是在座椅的另一侧上方，站在座椅的这一侧要去抓另一侧的扶手就势必得弯腰身体稍稍前倾，孙梅当时就是这姿势，那男人在她身后站直了抓着高扶手，结果鼻血流下来不偏不倚正好滴在孙梅后侧的裙摆上，臀部的正下方，而且滴出的图案是顺流而下的一条线，估计那男人是搞建筑的，不然哪能滴的这么直，标准的铅垂线啊。

孙梅当时只知道后面那个男人流鼻血了，并不知道他还在自己的白裙子上搞了一番建筑研究。孙梅大摇大摆的下车，过马路，穿过卖早点的闹市区，在上班的高峰期站在大厅等电梯。

特殊的位置上出现特殊的红色液体，又在特殊的时间段内招摇过市，这三个"特殊"的机缘巧合，使得孙梅在整个高新区内名声大噪，也使得孙梅那段时间销售业绩一路飙升，更使得孙梅从此和公交车恩断义绝。

从那个时候起孙梅的老公一出差我就成了她的兼职司机，这哥们还是搞水利勘测的，老是出差，而且一出差就是个把月的。起初孙梅还坚持要和我分摊油钱，我说不用，只要你保持好现在的身材就不会对车产生负荷了。

在路上孙梅问我有没有发现沈总最近有些不对劲，我说没发现，对不对劲只有她老公能发现，我怎么能发现呢！

孙梅说："沈总最近老是一个人在办公室待到很晚才离开，而且做事情老是集中不了精力，丢三落四的，上次的销售合同居然忘了把付款的条目附上去，搞得我现在催款很被动。"

我说："会不会是到了每个月的'那几天'？"

孙梅说："你去死，马游，你老婆'那几天'那么久呀！"

我嘿嘿一笑："孙姐你这话说早了，我还没娶老婆呢，你就先打击了，指不定我将来和谁有缘呢，要是万一将来你们夫妻有点小摩擦什么的，我不是就有机会了？要真这样你今儿就自己给自己把咒语下好了不是？"

孙梅拧了我一把："呸呸呸，乌鸦嘴！"

不一会儿就到了孙梅住的小区，我把车停在了小区门口，孙梅下了车说："走，上去坐会儿，我老公不在的。"

"做会儿？"我装作不解，问，"是做动作的'做'还是坐凳子的'坐'？"

"你讨厌！"孙梅伸出玉指戳我的脑门，"我都说了我老公不在嘛。"

我顿时心中大喜，只觉心跳加速，呼吸急促，同时脑子里也飞快的运转着：我靠，不是吧，幸福今天真的要降临在我头上？想当初到现在我一直是蓄谋已久处心积虑用心良苦……

我张大嘴巴正YY的出神，就听孙梅笑了："看把你紧张的，好了，不开玩笑了，你这些天来回接送姐姐费心劳神的，姐姐晚上请你吃饭，以表谢意，马路对面有家卷饼做得不错，去尝尝吧。"

"您自个吃吧。"我将张了半天的嘴巴闭回来，"我晚上美女有约，就不陪您了。"说完打了个转向上马路了。奶奶的，不会开车就会踩男人的刹车。

晚上在家，收到韩朵的短信："上帝说可以让我实现一个心愿，我说我要收到短信的这个人永远快乐，上帝说不行，只能四天。我说那就春天，夏天，秋天和冬天吧。上帝又说不行，只能三天。我说那就昨天，今天和明天吧。上帝又说只能两天。我说那就黑天和白天吧。上帝说只能一天。我说那就让她每一天都快乐吧。"

我心想，这小妞怎么就认准我了，不被泡上心不死。也不知长得怎么样，礼拜五去验验。

我将短信转发给了马脸，不过转发之前把里面的"永远快乐"改成了"天天打炮"，把短信最后的"每一天都快乐"改成"一炮灯熄"。

洗完澡给沈玉婉发了条短信，然后关机，睡觉。

【3】

周五晚，我将车停在红灯笼餐厅门口，打开音响，副驾驶坐着马脸。

约摸等到七点二十五，我和马脸下了车，拿出手机发了条短信，然后走进餐厅。

一走进来就看见左侧靠近落地窗的桌子一个女孩子正从兜里掏手机看短信，那一张桌子正好三个女孩子。我心里一乐，就是你们了。我和马脸在她们旁边找了张空桌子刚坐下来，就听看短信那个女孩喊："天哪，丁琼又来不了了！"原来我假扮的人叫丁琼。

旁边另一个女孩搭讪了："不是吧，她又有演出吗？"从声音听得出这位就是张子露，她的声音还是那么娓娓动人，这样看来另外一个就是被她们称作"薇薇"的了。

演出？那个小妞还是个演员？模特？不是吧，那一定长得不错了，身材肯定也没得说了。我靠，一条短信让我赚大了。

这时马脸凑到我耳边低声说："把头发挽起来那个我要了，其他两个归你。"这鸟人居然一直在饱眼福，我偷听的时候他也没闲着。

我转头看见马脸所说的那个女孩子，正是张子露，把头发打了个卷用夹子夹在脑后，露出长长的一截脖子，再加之穿着一件黑色吊带装，前露胸后露背，看上去一览无余，让人觉得春光无限，呵呵，怪不得叫张子露呢，原来是这个意思。胸的确不小，印证了起初我对她的推断。

我压低声音对马脸说："有眼光，胸肌发达。"

马脸一脸坏笑："我那点爱好你又不是不知道"

又听身后说话了："她没说是不是演出，就说忙，没时间来了。"韩朵的声音。

"这家伙，好扫兴哦。"张子露发话了。

"没关系，她的工作就是这样，老会临时有事情。"薇薇也开口了。

三个女人你一言我一语唠开了，从晚上的饭菜唠到化妆品，再从李亚鹏和王菲的婚姻唠到哪家商场最近打折打得厉害。三个女人一台戏，一点都没说错。

我和马脸在旁边等着，巴望着她们能早点结束，然后早点去迪厅，我们就有机会了，没想到她们唠了两个小时后决定不去玩了，各回各家。把我和马脸郁闷地想哭。

她们起身结完账，从我们身边走过时飘过一阵香味，马脸说是张子露身上的，我说是韩朵的，争论了半天才发现还没吃饭呢，一人要了碗卤肉饭吃完后各回各家。

周六早上还没起床就接到孙梅的电话，说是她今天想练练车，问我有没有时间教教她。我说好呀，我这就过去。然后翻身起床，一看表都九点多了。

赶到的时候孙梅已经等在小区门口了，这娘们就这点好，凡事不让你等她。

她们家的车是辆银色的两厢车，太阳一照光闪闪的，看起来很新，几乎没怎么开的样子。

我说我陪你练车你怎么谢我呀？孙梅说姐姐请你吃饭呗。我说嘿姐姐，你看我像缺饭吃的人吗？孙梅说那姐姐付你工资吧。我说姐姐别逗了你知道我缺什么。孙梅又说给我介绍对象，我说我是取性舍爱型的，好办不？孙梅说唉，不好办又有什么办法呢，那姐姐只有自己委屈一下了，谁让我弟弟对我这么好呢？我说姐姐那好呀，趁现在还没出发咱不如先预付报酬吧！？孙梅啪的一巴掌打在我肩上："还没睡醒呢，开车！"

我一脚油门踩下去，汽车直奔郊区驶去，孙梅急了，问："你这要去哪呀？！"

我说："难不成你要在市区里练车呀？"

这女人，真是的。

在郊区找了一条车少人少宽敞平整的路段，我坐到了副驾驶的位置上，把驾驶室让给了孙梅。孙梅其实是有一点开车的基础，甚至连驾照都托人办了，怎么加油怎么挂挡都知道，就是实践少了点。

我说："今天练习的主要内容是：改正猛加油猛踩刹车的坏

习惯。"

五月的天气临近中午的时候已经有些热了，我提议去吃饭，去农家乐。所谓农家乐就是市郊的农民利用自家住房，在路边搞的小饭馆，饭菜也是野味和农家自制为主，很受城里人欢迎，不少人专程开车赶来。再者这座城市西南两侧被山环绕，要是不嫌远可以开车进山，山里当然农家味更地道，而且环境更好，清静，有山有水的。我就属于为了享受不嫌远的。

进山后孙梅挑了一家，是一栋两层的小楼，整个屋子被山的阴影罩在里面，门前还有小溪流过。

吃饭间孙梅问我："小马你真不会这辈子打算不结婚吧？"

我说："哪有，我还打算要孩子呢，不孝有三无后为大嘛，我的计划是四十结婚，五十生子，六十和这个世界说拜拜。"

孙梅憋着嘴问："你四十岁的时候哪个小姑娘还会看上你呀。"

我说："姐姐没听过男人四十一朵花呀，到了四十岁我这朵花就开在大街上等着哪个小姑娘来采。"

孙梅给逗乐了，哈哈一笑，说："一脚踩扁你，让你臭美。"

我说："你就看我这帅样，看我这气质，看我这风度，是你你下得了脚踩吗？"

孙梅说："是我呀，我就会抢在所有人前面摘了你这朵花。"

我乐了："呀呀呀，姐姐你终于夸我了，受用受用。"

孙梅接着说："然后赶紧赶车去乡下。"

我一愣，问："去乡下干什么？"

孙梅说："找块牛粪插起来啊，哈哈哈……"

晕，被调戏了，我狂汗。

我又问道："孙姐，你们怎么不打算要孩子，想丁克啊？"

孙梅似乎沉浸在刚才的玩笑气氛中，随口道："要生呀，我们的计划是三十五岁要孩子，这样等上天堂的时候孩子正好能独立了。哪像你，五十生子六十拜拜，老兄，孩子才十岁呀，你就不负责任了？"

责任？责任？孙梅居然和我说责任？呵呵，从来没想过这玩意儿。

吃完饭聊了一会天孙梅居然在藤椅上睡着了，这女人真是横看成岭侧成峰，随便一个姿势都这么性感撩人，睡姿更加充满了诱惑：双眼紧闭，眉头舒展，呼吸均匀，气吐如兰，似乎非常放松，微微颤动的嘴唇更加显出她整个身体的沉稳，安静。脸颊上若隐若现的两片红晕，仿佛刚刚经历过性高潮。

我其实对女人的睡姿别有偏爱，撩人的睡姿更能勾起我战斗的欲望，记得大学时候和女朋友租房同居，每每都是女朋友在睡梦中不知不觉的被我占领。可是往事不堪回首啊，毕业时我生命中第一个女人离我而去，从此我便不再相信爱情。

我从车里拿了一条毯子给孙梅盖上，农家乐的老板走了过来，说："兄弟，把你媳妇弄到二楼的客房去睡吧，里面啥都有。"

我抬头看看他，一个六十岁左右挺精神的老头，让人想起了电影《幸福时光》里的赵本山。我顿了顿说："老伯，不用了，你给我添些茶水就行了。"

【4】

晚上回到家都九点过了，刚进门就收到一条短信："明天晚上K歌哦，顺便带上你的新男朋友给大家认识一下嘛，如果你没空就让你男朋友来陪我们喽！"自然又是韩朵发的，这小妞真有意思，这么久都没发现短信发错人了，真是不被泡上心不死。

新男朋友？给大家认识？我一琢磨不对，这说明丁琼的这个男朋友韩朵她们还没见过面，这不明摆着给我冒充的机会嘛！

赶紧回了一条："真不巧呀，明天晚上还有演出啊，那我就只有把我的男朋友奉献出来了，正好我明天没时间陪他。"

那边的短信回得比我还快，莫非是美男效应？打开一看："那你别后悔啊，我们三个就把你男朋友分吃了噢，我们可都是一直饿着的，你男朋友以一敌三行吗？"

我大脑里一片眩晕，她们这是平时就这么开玩笑呢还是来真格的？从那天在红灯笼也看不出这几个女人有多风骚，今天这么快就共夫了？我多年的阅读女人的经验也判断不了了。

我不动声色地回了一条短信："没问题，自己姐妹，但用无妨。"然后又问了K歌地点和时间，匆匆结束了交谈。再这么聊下去非得露馅不可，既然判断不了那就只好明天见机行事了。

　　我给马脸打了个电话约他明天同去，要真以一敌三我还真的有点腿软，把马脸这鸟人乐的屁颠屁颠的。

　　大厅里我一眼就看见了张子露的大胸，赶过去发现只有韩朵和张子露在。我呈出一个绅士般的微笑，介绍道："二位好，我是丁琼的朋友。"我送上门来了。把两个小妞给逗乐了，韩朵说："丁琼真是够姐们，把这么帅的男朋友支来陪我们。"张子露插话了，说："不过丁琼的历任男朋友都长得不赖，你可要小心哦，尽量表现的乖一点，不然不小心就被淘汰了，你的竞争对手很多的。"

　　我说："那还得有劳两位美女多多美言呀，我今天这不就来牺牲色相了嘛。"

　　韩朵哈哈笑了，说："好，那我们今天就来替丁琼把把关哦，本来今天我们三个人的，薇薇有事情来不了了。"

　　我说："没问题，我十八般武艺样样精通。"

　　张子露说："帅哥，你的声音怎么这么耳熟呢，好像在哪听过。"

　　我说："估计你是帅哥的声音听多了给搞岔了，《无间道》的主题歌里你能分出哪一句是刘德华的声音哪一句是梁朝伟的？所以说嘛，帅哥的声音都差不多的，磁性很强的不是？"

　　张子露还想说什么，我赶紧拉来马脸说："我来介绍，这是我的朋友朱述。"马脸赶忙补充："就是猪撞到树上的意思。"然后就听两个小妞异口同声地惊呼："哇噻，这位帅哥长得好像范尼噢！"我差点没噎过去，小妞们说的范尼是指荷兰前锋范尼斯特鲁伊，看球的朋友都知道，因为脸长，人送绰号"荷兰仲马"，估计要是马脸比范尼出名的话范尼的绰号就成了"小朱述"了——马脸的脸比范尼的还要长三分。

马脸一脸的不爽，说："走走走，我们还是去唱歌吧。"

唱歌的时候我们就分成两组了，自然是马脸和张子露一组，我和韩朵一组。其实韩朵也长得不错，五官精巧细致，笑起来还有两个小酒窝在脸颊上，妆也化得恰到好处，眼影和嘴唇化得很淡，却能在嘴唇和眼睛的张合之间发散出若隐若现的油光，在灯光的反射下微波暗动，让人产生上去亲一口的冲动。留着的短头发，也是经过精心的梳理的，显得很活泼。

"帅哥怎么称呼？"韩朵问。我这才想起还没报名字呢，说："小生马游，父母取名寓意马在游泳。"韩朵很夸张地笑了，说："哈哈，你们两个一个猪撞上树，一个马在游泳，不会是假名字吧？"

我说："岂敢岂敢，行不更名坐不改姓，不过就是没你名字高雅，韩朵，含苞未放的花骨朵，有创意。听丁琼说你在当美编？有空教教我画画吧。"

韩朵说："好呀，你要画什么？"我说："我要像《泰坦尼克号》里的杰克一样，关键时候派得上用场。"韩朵哈哈一笑，问："那你做哪行的？"我说："和美术没关系，你洗澡洗得不爽的话就可以找我。"韩朵惊呼："牛郎！"

"热水器销售员好不好，罚酒罚酒。"

其实是韩朵一直在灌我酒，说什么看男人要首先看酒量。眼下桌上的一打啤酒全空了，韩朵又要来一打，我心里琢磨：这女人该不会是要把我先灌醉再强奸吧，还好喝酒属于我的强项，这点酒应该不成问题的，到时候装醉就是了。

随后开始K歌，刚才是马脸他们的表演时间，现在他们俩已经打闹成一团了。先是韩朵单唱了几首，之后就是我和韩朵合唱，这小妞唱歌也不错啊。大概唱了十几首下来酒也喝完了，再看马脸和张子露早已没影了，估计马脸这鸟人已经得手了吧。

已经临近夜里十二点了，我说咱们出去走走吧，韩朵看样子已经不胜酒力了，走起路摇摇晃晃的，我过去搀她却被她一巴掌甩开，坚持说她没醉，要自己走。

刚走出KTV韩朵就指着旁边的德伦酒店口齿不清地说："帅……帅哥，扶……我上去……上去歇会，扶……扶我……上去……歇会。"

我抬头一看，这小妞也真会挑地方，四星级的酒店啊。转念一想，不是吧，这小妞要和我开房？！

真是"踏破铁鞋无觅处，得来全不费工夫"呀，想当初我和马脸费尽心机在红灯笼苦等小妞们吃完饭，到今天不费吹灰之力竟然双双得手，真走桃花运了？

顾不得多犹豫了，当机立断。

奶奶的，一个房间1288！咬咬牙老子忍了。

打开房门韩朵扑通一声倒在床上，我弯腰去脱韩朵的鞋，却被一脚蹬开："去……去……洗澡嘛，乖……"

这小妞醉成这样还不忘讲究卫生，我想不如再试一次，结果又被一脚蹬开，"洗……洗澡，洗……干净点噢，听话……"然后翻过身，又睡了。

奶奶的，算了，去洗个澡也行，刚才在包厢里出了一身臭汗，啤酒又洒了一裤子，等老子洗完澡再来收拾你。

脱光衣服下面已经翘得老高了，雄赳赳气昂昂的，充满了战斗的欲望，奶奶的，先洗澡。

我钻进卫生间匆匆地冲了冲就结束了，谁还有心思洗澡啊。等走出卫生间一看，我靠！

韩朵不见了！

同时消失的还有我的衣服，钱包，手机，行驶证和驾照，家门钥匙和车钥匙！他奶奶的，遇上女贼了！我抓起酒店的电话想给马脸打个电话，拨完了号码才发现这个电话连回铃音都没有，再一看电话线是断开的！

这女贼真狠呀，连内裤都不留一条给我，想我行走江湖这么多年，自认为阅人无数，今天算是栽到这女人手里了！

原来从发错短信开始就是一个骗局，一个精心设计好的圈套！

我用床单把身子裹起来，从门缝中探出脑袋试图寻求帮助，可是三更半夜的，哪来的人呀！还试图把电话线接起来，用拳头把门砸得咚咚响试图引起值班服务员的注意，但都没成功。

折腾累了，一想算了，睡觉，等明天早上服务员来打扫卫生时再来救我吧，今天晚上你们随便吧，韩朵！

迷迷糊糊睡着了，感觉没睡多久就有人敲门，一睁眼外面已经天色大亮，我一骨碌爬起来用床单把身子裹好赶紧开门，宾馆的服务员来救我了。

打开房门一看却是一个漂亮女人站在门口。

我看了半天才认出来，这不是那个叫"薇薇"的吗？这个时候就听她说话了："你好，我是罗薇薇，是韩朵的朋友，我想你应该听过我的名字吧。"

何止听过名字，还见过面呢。我心想。又琢磨这女人来做什么？落井下石？

"我是来送衣服的，韩朵她们这次玩笑开的有些过了，不过你们也把我们折腾得够呛，先是冒充丁琼，接着从韩朵那里骗取张子露的电话，再从张子露那里骗取韩朵的私人资料，还破坏了我们的聚会。"罗薇薇说得很平静，没有任何的语气在里面，但是让人感觉得到她话里重重的分量，"要不是前天丁琼打电话给韩朵，韩朵到现在还发现不了她把丁琼电话的最后两位存反了。"

"这是你的衣服。"罗薇薇递给我一个塑料袋，"钱包里的钱一分不少，车也在原来的位置停着，其他东西我们没动。"

　　说完转身要走，走了几步又停住了，转过身说："对了，你的朋友在你隔壁的房间，他的衣服也在袋子里面。"说完转身走了。

　　我愣在门口好一阵子，全然忘记自己还是个裹着白床单的木乃伊，妈的，被女人玩了。

【5】

　　之后的几天我和马脸一直在商量着怎么教训教训这几个臭娘们，我们想到了打骚扰电话，想到了埋伏在她们下班的路上搞恐怖袭击，想到了捉几只蛤蟆放到她们卧室去强奸她们，但这些想法最终都被自己一一否决掉了。

　　后来我们发现之所以没有找到收拾这帮女人的方法，其原因是首先没有明确自己要达到的目的，是最终要她们登报道歉当众认错，并保证以后不再犯呢，还是要设置好同样的场景，等韩朵和张子露脱光后，也把她们的衣服偷走藏起来，寻找一下心理平衡呢，或者是和她们谈条件，让她们陪着玩一场SM算是赔礼道歉，而后就此了事？

　　我想都不妥吧，要真这样连我都会鄙视自己的。女人报复男人很容易，比如说我和马脸；男人报复女人难得像登天，再比如说我和马脸。

　　日子每一天都过得和前一天一样，平淡无奇地重复着，接孙梅上班再送她下班。

　　这个周末依旧是陪孙梅去市郊练车，光让陪着练车不给吃豆腐，郁闷。

　　时下已经五月末，将近初夏了，这天异常燥热，太阳火辣辣的直射在地面上，透过车窗似乎都能看到空气中翻腾的热浪。虽然车里开着空调，可是和座椅直接接触的皮肤还是直冒汗，比如说屁股。

这女人也真是，选这个时候来练车，估计她的屁股也汗津津的吧？真想伸手去摸摸。

再说了，她老公在的时候怎么也没见她要练车，非要等老公走了搭上我？莫非……

不到十一点的时候我们就进山了，去的还是上次那家农家乐。吃过午饭孙梅像往常一样在藤椅上睡了一觉，而我则在一边喝茶看报纸。

山里边枝繁叶茂，树荫交错，再说这家店正好笼罩在大山的阴影里，想不凉快都难。大自然真是个天然的空调房呀，在这种空调下面坐得再久屁股都不会出汗，谁不愿意多待会。

借此提醒朋友们珍惜自然，爱护环境。

不时地偷窥一眼孙梅的性感睡姿，看得心里又痒痒的，上帝啊，此刻将我变成那把藤椅吧！

等孙梅醒来的时候已经下午三点多了，又聊了一会儿天准备起身返程的时候，孙梅突然眼睛一亮，要去门前的小溪里戏戏水。我抬头看那条从门前蜿蜒流过的小溪，甚是清新可人，一侧卵石成滩，另一侧又枝叶拂面，水势高低成瀑布，水面宽窄成潭池，溪流之中更是怪石突兀，水流划过发出哗哗的响声却是如此低沉和节奏均匀，像是孙梅安睡时的呼吸。真是一汪好水呀，连这么一个熟女的少女情怀都被它唤醒了。

此刻孙梅正赤脚行走在卵石上面，挎着小坤包，先前穿的高跟凉鞋也被她拎在手中。我从远处看着她，先是蹲下来撩溪水，接下来找了一块临近溪水的大石头坐了，把脚伸进水面，然后冲着我大声喊："马游，快过来，水流打着脚底舒服死了，你来试试嘛！"

我迟疑了一下，最终决定过去和这娘们来个鸳鸯戏水，刚要迈步的时候，下面的一幕发生了。

当时的情况是这样的，孙梅可能觉着还不过瘾，从大石头上站起来准备跨过水面到溪水中央的那块石头上去，由于水面很宽，那块石头周围正好形成了一个水潭，要跨过去就必须先踩这边的两块小石头。孙梅虽然踩男人的刹车颇有心得，可踩石头就不那么自如了，再加之凌波微步之类的武艺全然不通，因而在第二块小石块滑落的时候，孙梅原本踩在这块石头上的右脚由于地球引力和小石块支撑力的突然失衡而剧烈地向左扭动，伴随着一声尖锐的叫声和一声身体撞击水面的闷响，孙梅一个侧翻，跌入水中。

我惊呼一声撒腿就往溪边跑，心想坏了，可别把人淹死了，可是我把人家媳妇带出来的啊！

虽说溪水就在店门前，可要赶过去就不像看起来那么近了，我得先横着跑过院子，再下台阶，横穿过一条山路，接着下一个土坡，穿过蒿草丛再跨过卵石滩才能赶到溪水边。总之这个路程耗费了我宝贵的抢救时间，但是等我赶到的时候孙梅居然自己爬上岸了，再看那个溪水积成的潭子其实只有半米左右深。

孙梅趴在卵石滩上大口地喘息着，喘息声中不时伴随着剧烈的咳嗽，估计让水给呛着了。浑身上下湿透了，下身的牛仔裙还好一点，上身的丝质T恤见水就惨了，紧绷绷地贴在身上不说，最要命的变成了透明的，好像没穿一样，里面的风景一览无余。

我赶忙去扶她起来，旁边不知什么时候多出来三个男人，估计是和我一起冲刺过来的，也要伸手帮忙。他奶奶的，扶一个女人起来要得了八只手吗？分明是过来找豆腐吃的，要是换成我落水你们谁会过来救呢？我一边说谢谢，一边把那六只手挡到一边。

孙梅刚站起来就"啊"的一声身体向下倒，幸亏我眼疾手快一把拽回来，孙梅呻吟着说："疼……脚……"我这才发现她的右脚脚腕外侧处淤青一片，可能落水的一瞬间给崴了。

"来，趴上来！"我背对着孙梅一个马步蹲在她前面，用近乎命令的口气对她说。我得把这女人先弄上车，尽快换身干衣服，不然绝对感冒，再说她这脚，得赶快去医院检查一下，现在什么情况还不好说。

孙梅迟疑了一下还是趴上来了，她知道自己已经别无选择了。趴上来的那一瞬间我的脑袋嗡了一声——很清晰地感觉到两团软绵绵的东西死死地压在后背上，先是冰凉的水湿的感觉，紧接着一阵温暖从后背的两个挤压面传递过来，扩散到周身，神经随之一颤，我觉得自己要晕过去了。

还没走两步孙梅就从我背上被地球引力吸了下来，不是我力气小，原因很简单，男人背女人女人若要配合男人就要分开双腿跨在男人身体两侧的胯骨上，男人伸手撸住女人的膝盖弯，这样既省力又舒服。而现在的情况是，孙梅穿着牛仔短裙，而且还是个收口的，由于裙子的束缚就不可能将双腿分开，身体自上而下平贴在我的背上的，这样就要纯粹以两人身体之间的摩擦力，而非男人手臂的拉力去对抗地球的吸引力，不被吸下来才怪。

我打量了一下孙梅的裙子，说："你把裙子挽上去吧。"

孙梅脸刷地一下红了，把头低了下去。这个动作完全的暴露了她的心迹，她比任何人都清楚是自己的裙子在碍事，更明白的是，她现在必须马上离开这个地方，周围男人像狼一样盯着自己已经全面曝光的上身，但是，要挽起裙子？女人毕竟有自己的矜持，再说，要挽多高？会不会露出内裤呢？

我脱掉自己的衬衫，俯下身双手绕过孙梅的腰间，用衬衫的两只袖子在孙梅腹前打了个结，宽宽大大的衬衫后襟完全罩住了孙梅娇小却圆鼓的屁股，我说："行动吧姐姐，一会感冒了。"

我扶着孙梅，她红着脸弯腰把自己的牛仔裙挽到腰间，露出粉红色的内裤——只有正面的角度才看得见的，我又一阵头昏目眩，口干舌燥。孙梅急了："你快！"我慌忙转身蹲下，孙梅俯身上马。

现在我的上身完全裸露，隔着薄如蝉翼可视之为无物的丝质T恤贴着孙梅的肌肤，比刚才更加亲密的接触，孙梅的双腿分开跨在我胯骨上，我两手撸着孙梅的膝盖弯，正好放在大腿后侧最浑圆的地方，没有任何阻挡的直接接触啊。

我要经过卵石滩，穿过蒿草丛，爬上那个小土坡，沿着山路走一百多米上公路，车就停在公路旁边。我还记得路吗？我还记得路吗？老天，让我一直这么走下去吧！我不需要终点！

我把孙梅放在车里，在傍晚山风的侵袭下一身湿衣服的孙梅冷得瑟瑟发抖。我在后备箱拿了条毯子给她，说："你先把湿衣服脱了把毯子裹上，我在外面等你，好了喊我。"孙梅疑惑地看了看我，然后使劲地摇头。我说："没关系，车窗上贴着保护膜呢，从外面看不到的。"孙梅捞起毯子擦了擦头发，说："咱们快走吧，一会姐姐真的感冒了，小马，求你了……"说完把毯子直接裹到身上。我摇了摇头上了驾驶室。

一路上我把暖气开到最强挡，直接对着孙梅吹，可孙梅还是一阵咳嗽一阵喷嚏，一把鼻涕一把眼泪的。原先性感的波浪式披肩发也黏成一片，贴在后脑勺，不时还往下滴水。

此刻大家也可以想象一下我是什么样子，傍晚虽然没有正午时分那么灼热，可毕竟是夏天啊，哪位尝试过夏天开车的时候关紧车窗把暖气开到最足？我头发上也在不断地往下滴水，浑身衣服也已湿透，眼睛里不断有汗水侵进来，不时得用毛巾去擦，前方的道路状况，行车和行人状况也随之模糊一下清晰一下的。

【6】

进入市区后孙梅坚持先回家而不是先上医院，女人在任何情况下都是把自己的仪表和形象放在首位的，更何况是孙梅这种女人中的极品，没办法，只好随她。

到了孙梅家楼下，停好车，孙梅死活不让我再背她了，我一想也是，毕竟小区里都是她的熟人，抬头不见低头见的，多尴尬呀。于是就准备挽着她下车，不知道她的脚行不行。

刚帮她打开车门孙梅突然一声怪叫："我的鞋！"我被吓了一个激灵，还没回过神来又承受孙梅一声怪叫："钥匙！"紧接着经受了第三次声波的打击："包！"

完全回过神来我才发现孙梅是一双赤脚踩在车里的亚麻垫子上，回想一下孙梅下河戏水的时候是把鞋拎在手里的，这么说鞋在她落水后就丢在了河里？记得当时她还挎着一个奶油色的小坤包，也掉在河里了？搞笑了吧？

这时候孙梅兀自趴在座椅上轻声抽泣起来，我连忙安慰，边安慰边问原委。原来鞋和包都落在水里了，包括包里的手机、钱包和钥匙等等。

我说："姐姐你这是哭什么呀，钥匙丢了这不房子还在嘛，再说了指不定人家农家乐的老板帮你收起来了，下次你去就还给你了嘛！"我虽嘴上这么说可心里也急，能不急吗？搁谁谁不急，玩得好好的突然失足落水，弄湿了衣服扭伤了脚，被一群男人看了走光还被迫掀起自己的裙子，好不容易回到家了才发现连钥匙都丢了。我说："好了姐姐，先去我那吧，别哭了，要哭去我那，我陪你哭。"

到了我住的楼下，孙梅扭捏着要自己上楼。我说："姐姐，我这没电梯你要光着脚爬六楼啊！"说完不由分说去背她，孙梅挣扎了一下，最终还是趴了上来。

孙梅浑身的衣服全干了！真他娘的佩服死她了。

打开房门把孙梅放到沙发上，往浴室搬了一把木凳子，把孙梅抱进来放到凳子上，找好毛巾、洗发水和沐浴露，又在衣柜里翻出一件衬衫和短裤放到浴室的换衣架上。此刻孙梅的情绪稍稍稳定了一些，只是低头不说话。我说："姐姐你先洗个澡，完了之后先穿我的衣服凑合一下。"说完打开喷头，退出卫生间，关上门。

我坐在客厅的沙发上，听着浴室传来的哗哗的水声，给自己点了支烟，吸，没反应，再吸，还是没反应，突然闻到一股棉花烧焦的气味，定睛一看，烟叼反了。

孙梅洗完澡后我带她去医院检查了脚，没什么大问题，只是软组织损伤而已，打了一针，开了些内服外敷的药，还开了些预防感冒的药，送了回来，一路上自然是我背上背下的。回来后打电话要了外卖，一看表九点多了。

吃饭的时候孙梅的情绪似乎才回复到正常，说了一些感谢的话，说什么要不是我她今天死定了，说什么等她老公回来再好好的谢我等等，却只字不提她落水的过程和当时的窘相，我见她情绪恢复就又开一些无关痛痒的玩笑，本来想拿她挽裙子的事调戏她一番，一想不妥，再说当时我也有些失态，就没再提。

青果公寓是一个以小户型为主的住宅小区，当初我手头上没多少钱，也不打算十五年内结婚，就在里面买了一套一室一厅的房子先住下来了，整个房间只有一间卧室，卧室里也只有一张床。吃完饭后孙梅就对晚上如何安排住宿产生了一丝担忧，说："要不姐姐晚上住宾馆吧？"

我说："你省点吧梅师姐，一米八的床不够咱俩睡呀？再来一个人咱们玩个3P都没问题。"

孙梅说："姐姐今天都成这样了你就别欺负姐姐了，这样，你睡你屋，我借你沙发睡一宿吧。"

我嘿嘿一笑，说："得得得，姐姐您再别教育我了，我去睡沙发还不行嘛。"

收拾好之后，把孙梅搀扶进卧室，道了晚安后我就出来了，从外面关上了房门。

洗完澡要睡觉的时候已经接近十二点了，虽然这一天累的够呛，可怎么这么晚了一点睡意都没有，躺在沙发上看着窗外的月光，想着白天经历的景象，孙梅从水中爬出来的出水芙蓉的造型，崴脚后痛苦扭曲的表情，趴在车座椅上轻声抽泣的楚楚可怜的样子，以及被我窥到内裤时羞恼的神态……对了，孙梅的胸罩和内裤都是粉红色的，应该是一套的吧，还有，穿着男式衬衫和男式短裤的孙梅更是别有一番野性的美……

不知不觉地睡着了。

半夜里却被一种奇怪的声音吵醒了。

当时正做梦，梦见自己在一间漆黑的伸手不见五指的房间里找一只小花猫，小花猫躲在某个角落里不显身影，只听得见"嗷……嗷……嗷"的叫声，梦里还想这只猫叫声怎么这么难听。然后我还是找呀找，听着声音很近很近，可就是找不着，只是听见"嗷嗷"的叫声，最后这声音越叫越大，我一个激灵醒了过来，才发现是场梦，心想：白天吃了孙梅的豆腐不至于晚上做噩梦吧？正要翻身再睡，突然又听到一声"嗷"的叫声，我吓得打了个冷战，天，这种声音居然是真的！

仔细听了一会儿，声音居然是从我的卧室里面传出来的，孙梅！

我赶忙爬起来，要去看看究竟怎么回事，想着这女人可别让怪兽什么的给吃了，刚要推门而入的时候我举在半空的手突然定住了。

在卧室的门口我听得更加真切了，是孙梅的声音，一个大声音的"嗷"后面还跟着一串低沉的小声音："嗷……哼哼……嗯……啊，

嗷……噢……哼……哦……哦……"这是一种痛苦倾诉呢,还是一种
舒服和满足的表达?

我的手臂从半空中垂了下来,我是该进去看看呢还是该知趣而
退呢?

我想到了她丈夫最近一段时间不在家,可是也不至于吧?是她本
来就有这种嗜好?还是这种声音只是诱惑和勾引我的一个信号?

我犹豫再三最终还是决定进去看看。

我推开门,房间里一片漆黑,打开灯只见孙梅在那张双人床
上翻滚成一团,头发凌乱,面色通红,眉头紧锁,气喘如牛,额头
上的汗珠密密麻麻的,睁开眼瞥见我进来,呻吟着道:"马……马
游,快……快……帮我……拿……拿些冰块,脚……脚疼得……受不
了了!"

我向孙梅的脚看去,只见右脚外侧肿的像块面包,脚腕已经和小
腿一样粗细了。回头去冰箱里拿冰块的时候我恨不得一头撞死在冰块
上,我怎么思想这么龌龊啊?想到哪里去了!

我用密封袋把冰块装好,敷在伤处,孙梅被冰块一激表情显得更
加痛苦。

随着冰块对伤处渐渐的起到作用,孙梅的呻吟声也渐渐地弱了
下来。

"天呀,刚才差点疼得我背过气去。"疼痛感减弱之后孙梅说

话了。

我说："那你怎么不早喊我呀？"

"唉，看今天把你折腾的，怎么好意思呀，不过小马，看不出你还挺细心的啊。"

我说："细心不细心要看对谁了，对姐姐你我敢不细心吗？"

"呵呵，该找个女朋友啦，看你这屋乱的。"孙梅不接我的话茬，继续说道："老大不小的，别老是贪玩了。"

孙梅平躺在床上，我侧着身坐在床边，有一搭没一搭地聊着天。

聊着聊着孙梅睡着了，刚才的痛苦似乎耗光了她所有的体力，此刻睡得异常安详和沉稳，仿佛是战争过后的宁静，洪水退去的荒芜一样，让人觉得释然和彻底的放松。这种释然和放松的神态使我陡然间从内心生出想要亲近这个女人的冲动。

我站起身走到孙梅面前，看着她，这个女人身上穿着我的衬衫和短裤，睡在我的床上，枕着我的枕头，盖着我的被子，仿佛就像我的妻子一样，在我的怀抱里安然酣睡。我俯下身，鼻腔里飘进一丝洗发水的幽香，很熟悉，我嘴角浮现出一个不易察觉的微笑：连头发里都飘着我的味道。

我端详起这个女人的脸庞，只见她双眼紧闭，眉头舒展，呼吸均匀，鼻孔里偶尔轻飘出的一个声音，如呓语一般含糊不清。她睡得如此安然和放松，一定也是认为睡在自己的床上吧？

既然，既然大家如此的默契，那么，那么就让我们今晚来一个彻底的放松如何呢？

此刻我距这个女人的面孔大概20公分的距离，甚至闻得到她呼出的气体的味道，鼻子旁边的细小毛孔，嘴角处的细细茸毛和眼角处不易被察觉的细纹悉数清晰可见。我想，我是以一个情意深长的抚摸作为彼此放松的开始呢，还是一个缠绵悱恻的吻？

我伸手去触这个女人的脸，刚要触到的一刹那间突然一个画面像闪电一样劈进了我的大脑，原本漆黑一片的大脑顿时被劈得恍如白昼一般。冲动，欲望，和对本能的放纵刹那间从大脑里逃得无影无踪。

画面里的孙梅，浑身上下湿透，裹着毯子，头发黏成一片，贴在后脑勺上，还不停地往下滴着水，表情因痛苦和挣扎而显得异常扭曲，眼神里流露的全是恐惧和哀求，浑身颤抖着，说："马游……求你了……不要……"

我腾的一下直起身子，像从梦游里突然醒过来一样，大脑里混沌一片，没有任何意识和思考问题的逻辑在里面。只有一个念头就是我现在必须马上离开这个房间，离开这张床和床上的这个女人，她是别人的妻子，一个有夫之妇，是我的同事兼朋友，一个被我收留的避难者。

这个时候，敷在孙梅脚腕上的冰袋由于冰块的完全融化而变成了水袋，由这个质变产生的失衡使得水袋从孙梅脚腕上滑落，在床上翻了一个跟头后应声落地——"啪"的一声脆响。

这个响声不但使正要转身离去的我吓了一跳，更是惊醒了睡梦中的孙梅。孙梅睁开眼睛看见了我，说道："啊，我怎么给睡着了？记得刚才你还在帮我敷脚的……"

　　我慌忙回答到："我正准备走的，看你睡着了，知道你应该不疼了……"

　　"哦，是不疼了。"孙梅坐起身摸了摸伤处说道，"你快去睡吧，我又把你折腾惨了。"

　　我慌忙退出房间，关上门。

　　刚要躺下就听见卧室反锁门的声音，这个声音使我的心情坏到了极点，想着是不是我刚才的举动被孙梅察觉到了，想着会不会以后都会被这样防范起来。

　　我又想到了孙梅，这个表面上风骚无比的女人其实内心却有着一种少女独有的羞涩和矜持，今天抱她进浴室的时候在我怀里她的表情是那么的扭捏和不自然，还有在溪水边让她挽起裙子时突然的面红耳赤，我敢断定这种扭捏不自然和面红耳赤是发自潜意识的，没有丝毫的矫揉造作和滥竽充数的，是任何一个演技派演员所不能表演到位的。

　　或许她的风骚和开放只是取悦客户和游走于男人之间的手法，或者残酷一点说，是一种无奈的生存方式，而非其本质和性格。我又想到了白天在山里她执意不肯脱去湿衣服的情景，想到了刚才在我走出卧室后立即反锁房门的情景，在这个女人被伪装得风情万种的外表下面，有着一颗常人难以觉察的忠贞烈节的心，使其在内心的最深处，永远留着一个坚固的堡垒，被她守得固若金汤，永远只留给那个唯一的男人。

这，或许就是孙梅所说的责任吧。

我又想到了自己，在刚才即将山崩地裂的一瞬间踩了自己的刹车，是偶尔的良心发现，还是突然间的神经痉挛？现代社会凡事凡物皆有自己的游戏规则，享受游戏的前提是先恪守其规则，偶尔一个小动作可以被理解和宽容，如果是被红牌逐出场的话就没的玩了。我觉得应该是一种对游戏规则的遵守。

或者给自己贴金的说是一种责任吧。

当日孙梅向我提及责任的时候我觉得触不可及般的遥远，现在看来它只是被埋藏在了心底连自己都不易发现的一个角落，关键时刻却像见义勇为的英雄一样挺身而出。

在游戏规则已心照不宣的现代社会，责任就像一个贵重的过时品一样的被尘封，在平日的嬉笑打闹中很少被提及，但是，每个人的心中都留有责任的印记，只是方式和程度不同而已，否则，贪官就不会在法庭上号啕大哭说对不起人民，囚犯就不会在行刑前叮嘱自己的妻子照顾好孩子。

我朝空中吐了个烟圈，瞥见窗外的天空已微微泛白。

【7】

　　之后的一个礼拜孙梅请了病假，安心在我那里养伤。我还是每天
上班下班，然后晚上回家睡沙发。

　　礼拜五上午快下班的时候，我突然被沈玉婉喊到了她的办公室，
在宽大的写字台两边我们相对而坐。沈总顿了顿，说："小马，首先
感谢你这段时间对我的安慰和鼓励，发生这样的事，让你见笑了。"

　　我立刻反应过来沈总指的什么，回答说："沈总你这话说得见外
了，有些事情是非人力所能为之的，既然控制不了的事情和改变不了
的结果就要坦然面对，淡然处之。世界其实是公平的，付出多少努力
就得到多少回报，犯多大的错误就接受多大的惩罚。唯独婚姻不尽其
然，一个人的过失需要两个人一起承担后果，但正因为这样才是真实
的婚姻，这或许也是生活的魅力所在吧。所以，沈总你要看开些，别
想那么多。"

　　沈总一声苦笑，说："谢谢你小马。"

　　我接着说："沈总你经历的风浪比我要多的多，比眼前的要大得
多，我相信这点小问题难不住你。不过请你永远记得，作为一个受害
者，你无论做出什么样的选择都是对的，我永远站在姐姐你这一边，
都永远支持你。"

沈总听得有些感动，说："谢谢，你已经帮我不少了，你的短信写的很好，我会保留下来的。"

我说："好。"沈总话锋一转，说："好了，不说这些了，谈谈正事。"气氛立即就从刚才的感动中恢复了过来。

沈总接着说："昨天和总公司开了电话会议，有一个重要的决议就是要把今年的营销战役提前打响，大概提前到夏末秋初的时候，先其他公司一步。"

我说："这样好，天一冷人们都寻思着该买热水器了，正好我们在这个时候做产品宣传，这样作用就明显了。"

沈总一笑，说："小马你和我想的一样。再者今年的广告宣传力度要大大加强，通过这两个手段看能不能使我们的产品占领今年更多的市场份额。"

我忙问："大到什么程度？"

沈总说："先期五十万，效果出来了还可以往上追加，所以我们得找一家有实力的广告公司与我们合作，这件事交给你办吧。"

我说："沈总你放心，我一定办好。"

沈总说："本来让孙梅和你一起的，她受伤了你就多操点心了，有空的话这两天就去着手了解一下吧，好了就这事，你去忙吧。"

下午我开车载着马脸去了朱雀大街，把车停在文艺大厦的停车场，然后径直上十六楼。

　　一出电梯就看见对面墙上巨大的牌匾，写着"远扬广告有限公司"，下面还注写了一行小字：远扬广告，让您声名远扬。整个墙体装修得相当淡雅，牌匾却显得非常精美，在灯光的照耀下显得异常夺目。

　　牌匾下面设有前台接待处，一个穿职业套装的小姐看见我们赶忙迎上来问："两位先生请问要找哪位？"

　　我说："去喊你们老总过来，说我们在会客室等他。"说完转身要进旁边的会客室，却被那小姐拦住。

　　"请问两位先生怎么称呼？有没有和我们赵总预约呢？"

　　我看了那小姐一眼，然后俯下身趴到她耳边低声说道："去告诉你们赵总，说有五十万元人民币想约他喝下午茶，你帮我问下他有没有时间。"

　　小姐顿时高兴的眉毛和眼睛都飞了，画的眼影差点掉到地上，连说："好的好的好的，您稍等一下，马上就到。"说完扭着屁股噔噔噔跑开了。

　　马脸问我："你给人家小姑娘说什么了，把小姑娘乐成这样？"

　　我说："我跟她说大哥看上你了，晚上洗干净在床上等我，不过现在先得帮我喊一下你们老总。"

　　马脸说："我操，还真管用，下次我也这么说。"

　　不大一会儿，一个三十岁出头戴眼镜的男人推门而入，满脸堆笑地自我介绍："我是远扬广告公司的赵一凯，是公司的负责人，二位光临有失远迎有失远迎。"

我说:"我是马游,这是我同事朱述,赵老板不用这么客气。"

然后简单介绍了一下公司在下半年广告宣传上的想法和计划,以及投资规模。那哥们则不断给我们介绍他们公司的实力以及一些成功的策划案例。

我说:"赵总,其实我们对贵公司也不是很了解,只是偶然看过几幅美术广告觉得非常有创意,最后打听到说都是贵公司一个叫韩朵的人的作品,我们就慕名而来了,这样,今天我们能见见这个人吗?也是出于崇拜吧。"

"哦,小韩呀,当然没问题。"赵一凯显得非常兴奋,谁不愿意听客户夸自己的下属呢?更何况这个以前从没打过交道的客户携五十万元的订单突然从天而降呢?

"二位请稍等片刻,我这就去叫她过来,这是我们公司的一些比较成功的策划,两位先看一下。"说完赵一凯出去了。

我随即掏出电话拨出了一个号码。

"喂,您好,是韩朵韩小姐吗?"

"是我,你是哪位?"

"嘿,贵人多忘事这句话还真不假啊,我就是那匹会游泳的马呀,还记得吗?"

"哈哈,猥琐男,你还没淹死啊?"

"托您老的福,小的吉祥着呢!再说了,我和韩小姐还有一个浪漫的夜晚只度了一半，我怎么好意思独自淹死呢？我说咱们什么时候把那部色情剧的下半集也演了？"

"做梦吧你，马游，上次要不是薇薇替你们说话我才不会把衣服还给你呢！你给我打电话想干什么？！"

"哦，其实也没什么，就是想约韩小姐出来喝喝茶聊聊天叙叙旧嘛，怎么样？"

"滚蛋吧，我一辈子都不想再见到你这样的人渣、垃圾！"

"那就看缘分喽。"

"我警告你，以后少来骚扰我，不然我报警了。"

"哈哈，我们会很快见面的……"

话还没说完，就听电话那边传来一个远声："小韩，赵总找……"然后那边电话"啪"的一声挂断了。

半分钟之后韩朵和赵一凯推门而入，站在赵一凯身后的韩朵看清沙发上坐的两位客人的面貌后满脸的吃惊和不可思议，随即则转化成为愤怒。我则报以一个谦虚的微笑。

"我来介绍，这是我们公司美编韩朵。"赵一凯闪过身来，让双方认识，说道："小韩，这是马先生和朱先生，我们的新朋友。"

这时候韩朵突然喊了一句："别相信他们赵总，他们是职业骗子！"

顿时气氛变得异常尴尬，四个人都愣在原地相互对视。

我从包里拿出一沓文件翻开给赵一凯看。"赵老板，这是我们公司的宣传计划书，这是投资审批表，最后这个是公司对于我个人出具的授权证明和我的身份证，你看看有没有问题。"

赵一凯接过文件翻开，我又说道："如果还有不放心的话可以直接去我们公司问情况，也可以直接给我们老总打电话，要不这样，我帮你拨吧。"

说完就要伸手掏手机，却被赵一凯一把按住，"不用不用，马先生，我看是小韩是认错人了，咱们坐下聊，坐下聊……"

韩朵还想要说什么，被赵一凯狠狠瞪了一眼，就在一旁默不作声了。

"呵呵，"我干笑了一声，说，"没关系，我们俩长得三大五粗的，不如赵老板斯文，被韩小姐认错人也是我们的错，长得不好，请多包涵。"

赵一凯满脸堆笑说："哪里哪里，马先生真会开玩笑，两位先生一表人才，一表人才。"

"好了，我们谈谈合作的事情吧，韩小姐也多给点意见。"我抬头看了一眼韩朵，只见她脸上呈现出一种很奇怪的表情，将信，将疑，更有一些迷惑和不知所措。我接着说，"我们这个销售周期先期计划的宣传投资是五十万，如果广告合作方让我们满意的话还可以追加，我们的想法是这样的，其一可以举办一些大型的活动，比如说周末在一些大型商场的门口请模特来走秀呀，和用户搞一些互动的有奖游戏呀。"

赵一凯忙插话："我们有长期合作的模特公司，没问题，没问题。"

"其二是通过贵公司的关系，我们想在市内繁华地段租一些比较火的展厅和浏览量比较大的广告牌。"

赵一凯刚要插话，会客室的门被推开了，然后探进来一个脑袋，脆生生地说："赵总，有您的电话。"我定睛一看，原来是刚才眉毛和眼睛都飞掉的那位前台小姐。

赵一凯一怔，说道："两位不好意思，我去听个电话，失陪一下。"又转脸对韩朵说，"小韩你先陪两位先生聊聊。"说完就出了，会客室里就剩下我和马脸和韩朵。

我立即换上一副嬉皮笑脸看着韩朵，"哈哈，看来真是有缘分啊，这么快你就来见我了。"

韩朵盯着我，一字一顿地说："你，到底想干什么？"

"弄了半天你还没听明白呀？我，口袋有五十万人民币想让你们赚走。"我也盯着韩朵，学着她的一字一顿说，"不过要说还有点别的事，就是来通知你，我要去法院告你，告你诈骗和盗窃。"

韩朵一听居然乐了，把脸凑到我面前，死死地盯着我的眼睛，说："好呀，我也去告你，告你诱奸良家妇女。"

我说："搞错了吧？要告诱奸也应该我是原告你是被告，我告你诱奸我才对，当天是谁一直在灌酒给我，是谁引诱我去德伦酒店开房？"

"证据呢？"韩朵一笑，"你的证据呢？我就不一样了，我保留着你所有冒名顶替的短信，而且德伦酒店的服务员都看见当天喝得醉醺醺的人是我而不是你，谁灌谁酒？用谁的身份证开的房间？法官大人会相信谁？"

我说："我还要告你变相的非法拘禁。"

韩朵说："我也要告你故意的冒名顶替。"

我说："我告你短信骚扰。"

韩朵说："我告你侵犯隐私。"

我说："我告你偷窥男性裸体。"

韩朵说："我告你对女性图谋不轨。"

我说："死骗子！"

韩朵说："臭流氓！"

这个时候赵老板接完电话从外面进来了，之前我准确无误地捕捉到了他即将进来的讯息，就在他推门而入那一瞬间我"腾"的从沙发上弹了起来，在这个弹的过程中我迅速收起刚才与韩朵唇枪舌剑过招时据理力争的神态，换上一副怒不可遏的表情，指着韩朵的鼻子喝道："你这是什么意思，有你这样谈生意的吗？口口声声我们这样的小投资我们这样的小投资，看不起人是不是？不配找你们远扬公司是不是？"

韩朵满脸的委屈和不解，喏喏地说道："我没有说这个啊……"

刚踏入会客室的赵一凯看到此情景赶忙插进我和韩朵之间，说：

"我看是误会了我看是误会了，大家有事好商量，好商量……"

马脸把桌上的我们拿出来的文件呼啦一下揽到怀里，说："赵老板，我们这和尚小，进不了你这大庙，我们另找高明吧。马游，我们走。"

我回过头对赵一凯说："赵老板，你有这样的员工真是白瞎你这样的老板了。"说完转身就走。

韩朵顿时明白了一切，冲着我们大喊："我诅咒你们两个混蛋出门就让车撞死！！！"

然后就听赵一凯大发雷霆的声音："韩朵，你闹够了没有？！"

【8】

我和马脸在车里笑成了一堆。马脸问我："你说这小妞会不会被那个赵老板开除了？咱们可别玩大了，报了仇出了气就行，可别让人家小妞丢了饭碗。"

我说："五十万的生意被她搅黄了，不开除她才怪呢。"

马脸说："被开除了就断了生活来源了，小姐要是迫于生活压力万一沦落风尘，走上了卖身的路，那咱俩罪过就大了，成了逼良为娼了。"

我说："没事，经常去光顾她的生意就是了。"

马脸说："我操，她见了你不咬掉你的小鸡鸡才怪呢。"

和马脸吹了半天牛，一看表时候不早了，公司也快下班了，索性就不回公司了，先送马脸回了家，然后自个开车回家。

拐进青果公寓的时候突然瞅见路口新开了一家叫做"重庆罗记猪手"的餐馆，猪手其实就是猪的前蹄，我想着这不是说吃哪补哪嘛，就像马脸，每次吃饭都要点腰花吃。孙梅的脚也好的差不多了，已经能下地走路了，再买点蹄花汤补补，快好利索赶紧来上班，这几天她的事都让我给替着做了。

于是就打电话订了一份蹄花汤，让一会给送上楼。

　　打开房门居然看见孙梅围着围裙在厨房忙活着，我说："姐姐，你这脚行不行啊？"边说着边放下东西掺和进去帮忙。

　　孙梅唉了一声，说："都在床上窝了一个礼拜了，再不动动的话就要胖死了。"

　　我刚要说话，就听孙梅又唉了一声，说："我看以后还是不要生孩子的好，想起来坐月子都恐怖，要在床上待那么久。"

　　我一笑，说："感情我这是伺候了一礼拜的月子？"

　　孙梅也笑了，说："可姐姐啥都没给你生出来啊。"

　　搁往常，我就会来一句："春有种秋才有收嘛，你不给机会播种哪来的收获？"可是自从那个晚上以来，我突然发现到的这个女人楚楚动人下面隐藏的楚楚可怜，使得她像一只孱弱的小动物一样需要人的保护。我憋了半天说了一句："你这不是破坏我和姐夫之间的关系嘛。对了，给姐夫打过电话没有？"

　　提到她丈夫，孙梅又唉了今天晚上的第三声，说："他那个工作性质，整天在荒郊野岭深山老林里钻来钻去，大部分时间没有手机信号，我打了一个礼拜了，一直是无法接通，今天上午打居然是关机了。"

　　我说："那你们平时怎么联系？"

　　孙姐说："我们单线联系的，他到了有信号的地方就打给我，现在我手机掉了，家里又进不去，就失去联系了。"

　　我心里暗想，在一个信息高度发达的社会里，老婆和老公失去了联系，原因竟然是老婆落水了，呵呵，搞笑。

孙梅说："你别弄了，大男人在厨房咋看咋别扭，我一人还做不好两个人的饭了。"

我说："哦，那你别烧汤了，我在外面订了份蹄花汤。"说完揩了揩手，走出厨房。

有女人在家就是不一样，客厅不知什么时候被孙梅收拾得整整齐齐的，玻璃茶几被擦得亮晶晶的，地板也擦得干干净净，给人一种焕然一新的感觉。

这时候有人按门铃，我心想这猪手汤来得还真快。

打开门一看却是一个男人站在门口。

只见这男人满脸的胡茬，头发凌乱，脑门上全是汗珠，背上还背着一个大旅行包，这人见我开门也不搭话。忽然想起昨天报纸上有一条说一个流窜犯流窜到了本市，警方正在全力搜索的消息，我心头一紧，怯生生地问："请问你找谁？"

还没等男人回答，就听见身后孙梅激动和兴奋夹杂着惊讶的一声大叫：

"老公！"

我被这突然的叫声吓了一跳，恢复神志之后才反应过来这个男人原来是孙梅的老公，真是现代版的"美女与野兽"啊。

"原来是姐夫呀，快里边请快里边请……"我一边招呼一边琢磨：这哥们怎么找到我这了？

　　男人却站在原地一动不动，面无表情，眼睛直勾勾地盯着屋里。

　　我回头一看差点吐血了。

　　孙梅此刻正站在厨房门口，身上的行头还是当日那套宽大的男式衬衫和宽大的男式短裤，脚上趿拉着我的大拖鞋，腰里系着围裙，一手拿着筷子一手捧着碗，碗里盛着还没有完全搅拌均匀的鸡蛋，俨然一副居家人妻的打扮。我晕死！

　　我头皮都麻了，此番景象太让人有联想的空间了，或者也可以说一点想象的空间都没有了，正常人的第一反应就足够把问题分析得清晰透彻明了无比了。这时我想到一个笑话，某位夫人打电话给房产公司说，我买了你们在火车道旁边开发的房子，可是最近睡觉时如果有火车经过我就感觉到床在摇晃。房产公司就派了一位工程师去看看情况，这位夫人对这位工程师说只有躺在床上才能感觉得到，工程师为查明事情的真相只好上了这位夫人的床，想等火车经过的时候感觉一下床是不是真的摇晃。这个时候男主人回来了，一眼就发现了躺在他们床上的工程师，大吼道：“你躺在我的床上干什么？”工程师委屈地回答道：“我说我在等火车，你会相信吗？”

　　是呀，眼前的这个男人会相信吗？有些话听起来漏洞百出荒谬无比却真实地反映了事情的真相，比如那位倒霉的工程师；有些话说的天衣无缝丝丝入扣却背离了事情的本质，就像我当初编瞎话骗韩朵和张子露她们一样。

　　不过我还是稳住了阵脚，迎上去一个笑脸，叫了一声：“姐夫，还愣着干什么？进屋呀！"

男人依旧纹丝不动，眼里往外冒着熊熊的火焰。

孙梅也走出了门口，柔和地问道："老公……你……你怎么了……"

孙梅的声音明显有些结巴，结巴正说明了孙梅心里的紧张和感觉到无从辩解的担心。原来大家思想这么统一，三个人都心照不宣。

男人还是一动不动，我似乎闻到了浓浓的火药味道。

我转身走回屋里，在沙发上坐了下来，事已如此，我也没什么好解释的，要怎么样你随便吧。再说，我先在沙发上歇会，万一要打架也好以逸待劳。

男人仍然一动不动，我想今晚一场大战避免不了了。

孙梅伸手去拽了一把男人的胳膊，喊了一声："老公……"

男人突然一咧嘴，双手掩面，蹲在地上号啕大哭起来。

"哇……"

孙姐说："宋波你别这样好不好。"

"哇……我……就知道……知道我一出差……就要出……要出问题……哇……"

男人哭得异常伤心，我听到这哭声真想出去踹他两脚，然后问他你信不过外人还信不过你自己的媳妇？一想还是算了，这样让孙姐怎么办？

男人原来叫宋波，初中的时候我的同桌也叫宋波，记得那时候刚开始学英语，这家伙就将自己的所有用具都刻上自己名字拼音缩写的前两个字母：SB。

孙姐先是劝了一会儿，劝不住，也走进屋来，在阳台收了她的衣服，然后回到卧室。

我点了一支烟，听着门外那个男人伤心的哭声。

从卧室走出来的孙梅已换上她当天落水的那身衣服，面带愧疚地对我说："小马对不起……"

我尴尬地笑了笑，说："我没事，你好好开导开导姐夫。"

孙梅轻声嗯了一下，走出去了。

"老公，我们先回家吧。"孙梅弯腰去搀扶她的丈夫，她的丈夫这回还算听话，起身配合孙梅的动作。

然后在男人持续的哭声中，两人搀扶着下了楼。哭声也随之慢慢弱了下来。

我噗的一声笑了出来，这哥们，纯爷们。

然后起身关上房门，回身的一瞬间突然想到孙梅不是还穿着我的大拖鞋么？被那爷们看见了今晚上岂不要哭掉眼珠了？

突然门铃响了起来。我想不是吧，孙梅来还拖鞋的？那她岂不要光着脚回家了？

打开门一看一个穿着服务生制服的十七八岁小男生站在门口，双手捧着一个大钵，脆生生地说道："先生，您要的'罗记秘制清炖海米泡菜豆腐猪手滋补汤'送来了，请付六十八元，谢谢……"

【9】

第二天早上我躺在床上发愣,想着自己怎么就莫名其妙的成了奸夫了呢?这算是哪门子事情?自己好心教人家老婆开车,人家老婆落水后又全力相助,又是送医院又是半夜给敷冰块的,人家老婆无家可归我又收留人家老婆一个礼拜,同居一室却心无杂念六根清净,算是好人当到底送佛上西天了,可到头来怎么就难免被人误会呢?

我又想到了孙梅,这娘们怎么还穿着我的衣服呢?一个礼拜了她的衣服早晾干了啊?

我想到了一个古代的故事,说的是什么你要是在瓜田里行走就不要去弯腰提鞋,免得人家误会你是在偷瓜;要是在李子树下行走就不要伸手挠头,免得人家误会你是在摘李子。是呀,我们凭什么要让别人去相信自己的清白?在这个人和人交往方式越来越复杂,内涵却越来越简单的世界里,我们凭什么强求别人去了解自己的真相呢?

人这东西不像畜生,有时候只有自己才肯舔舐自己的伤疤。我们要做的,就是装出一副没有受伤的样子给别人看。

突然电话响起,一看是个陌生号码,犹豫了一下还是接通了。

"喂,你好。"

"马游,我是罗薇薇,我们上次见过面的。"

"哦，我还没来得及谢谢你呢，罗小姐，上次谢谢你送衣服给我们，使我们免除了要去裸奔的尴尬。"我心里想一定是韩朵派来的。

"别再闹了好不好？"罗薇薇不接我的茬，说，"韩朵上半年的奖金全被扣光了，这样大家扯平了好不好？"

我说："好呀，其实我也不想闹腾的，只是好多年没有碰到过像韩小姐那样的对手了，有点棋逢对手的感觉而已，不免就多过几招啦，你不知道韩小姐和张小姐那天在KTV的演技有多棒，一招反间计用的出神入化的……"

"我只是不想大家出什么事情。"罗薇薇说。罗薇薇说话一向是这么平静，没有丝毫语气在里面，给人感觉像是一个修行了很多年的修女一样。罗薇薇说起话来就像大海平静的时候没有一丝波澜，可是谁会知道海底有没有翻滚着汹涌的巨浪？

罗薇薇继续说："短信发到你手机上算是我们的错吧，打扰到你正常的生活了，我替韩朵向你道歉，既然我们两拨人没有缘分借此成为朋友，也没有必要相互拆台恶搞对方好不好，我也不奢望你们向韩朵道歉，只是希望你们就此罢手，就当什么都没发生过好不好？到此为止吧。"

说完就挂了电话。

就此罢手？说得轻巧，韩朵她们能咽下这口气？我倒是想啊。

这个时候电话又响了起来，来电号码前九位和我的号码一模一样，我的后两位是69，这个是96，我明白是丁琼。

"喂，丁小姐，你好啊。"

"马先生久仰大名呀！"丁琼的声音有些懒散，说，"不但在整个文艺大厦名声大噪，在德伦酒店也是无人不知无人不晓呀。"丁琼劈头盖脸先是一顿挖苦。

我说："哪里哪里，上次只是丁小姐给机会，才使得我和韩小姐有了第一次亲密接触的机会，还没来得及谢呢。"

丁琼说："马游，有话我们当面说，我在蓝调咖啡等你。"

我说："你怎么肯定我会去？"

丁琼说："在我的直觉中马先生应该算个男人。"

挂了电话，我想着去就去，我一个大老爷们会怕你一个小妞？你总该不会光天化日的找人在闹市区收拾我吧？反过来要是不去岂不被这帮小妞看扁了。

一般上午的时候咖啡屋几乎没什么人，所以很容易就找到了丁琼，当我看到丁琼的时候我突然感到一阵头昏目眩。

天哪，这真是个女人吗？要是真的就太漂亮了。首先这个女人长了一张标准意义的瓜子脸，杏眼柳眉，双眼皮的轮廓分明，高挺而且细窄的鼻梁，嘴巴小巧却唇红齿白，白皙的皮肤却透着红润，散发着迷人的光泽。面部的每一个器官都是精品，又搭配的如此精妙绝伦，真是一张极品的女人脸。头发是半烫半染，半曲半直的垂撒在双肩上，似乎显得有些凌乱，细看却是一个完整的造型。身型细长，偏瘦一些，更显得高挑，即使是坐在椅子上都可以看得出身材的出众。

眼前这个漂亮的让人头昏目眩的女人说话了："你还是个男人吗？"

我似乎从头晕中恢复过来一点，镇定了一下，说："丁小姐想验验货还是咋的？"

丁琼继续说道："男人有你这样的吗？跟一个女人较上劲儿没完了。"

我说，"大家都是朋友，开开玩笑也无伤大雅，反正闲着也是闲着，韩小姐和丁小姐要是不喜欢我开点别的玩笑也可以的……"

"玩笑？"丁琼反问，"有你这样开玩笑的吗？你这是砸韩朵的饭碗你知不知道？她的奖金被扣的一毛都不剩了你赔呀？再说谁和你是朋友？"

我说："韩小姐的奖金被扣只能证明是那个赵老板入戏太深了，是个好演员；至于我们是不是朋友这个问题嘛，不是朋友你怎么会有我的号码？我怎么接通电话张口就喊丁小姐呢？你又怎么会约我到这来品咖啡？我又怎么会这么爽快的赴约呢？"

"噢？"丁琼眉梢一扬，说，"照你这么说我们是朋友了？那好，是朋友就得帮忙，韩朵现在揭不开锅了，你借点钱给她吧，不多，一万二就可以了，正好是她被扣掉的钱，怎么样？"

我说："这样不好吧，是朋友何必提钱呢？既然韩朵揭不开锅了就让她搬到我那里住就行了，吃穿住用我一杆包到底，我觉得这样对朋友才够义气。"

丁琼气红了脸，喝道："马游我警告你，你要是再欺负韩朵我和你没完！"

我又上下打量了丁琼一番，咂摸咂摸嘴巴，说道："第一次见面，没想到丁小姐比我想象的还要漂亮，今天有幸一睹芳容，真是光彩照人啊……"

丁琼咬牙切齿得说："你简直就是一个流氓！"

说完起身就走，我在后面喊："谢谢啊。"

看着丁琼的身影消失在门外，我摇了摇头，真他奶奶的漂亮啊。

礼拜一早上上班差点迟到了，气喘吁吁地赶到办公室的时候正好八点半，我想还好，还算是保住了贞操。这个时候突然发现我的位置上正坐着一个浓妆艳抹的女人。

只见这个女人嘴巴画得猩红猩红的，眉毛画得漆黑漆黑的，眼睛涂得幽蓝幽蓝的，整个脸抹得煞白煞白的，让人看了有一种反胃的感觉。这个女人居然正冲着我笑，我吓了一个激灵。这个时候这个女人说话了。

"哎哟马老板，不认识了啊？"女人故意把声音拖得很长，而且严重发嗲，周围人的目光都聚集了过来。

我听着这声音怎么有点耳熟？

女人一个媚笑："马老板你好好看我是谁呀。"

张子露！我靠！！！

"你……你来干……干什么？"问完我就后悔了，明摆着张子露是来黑我一把给韩朵出气的，我这么问岂不更给她借题发飙的机会。

"要死啦，你个没良心的！"张子露继续发嗲，"昨天晚上趁人家睡着钱也不给就偷偷开溜？老娘的便宜是那么容易占的吗？"

我顿时就懵了，我靠，这招太狠了！

张子露依旧不依不饶："还问人家来干什么，快给钱，你个没良心的！要不是我的其他几个姐妹知道你在这上班还就真便宜你个王八蛋了。"

四周静静的，所有人瞪大眼睛都朝这边看着，这时候沈总也从她办公室里走了出来，一脸严肃地看着我，我脑门上的汗瓣里啪啦就掉下来了。

我现在唯一的想法就是先把这死娘们弄走。

"多少钱？"我问，想着你他奶奶要是再说一万二老子就要疯了。

"二十五，不是事先都说好了嘛。"

我突然意识到张子露的险恶用意，说得越少越能体现我这个嫖客的龌龊和性饥渴程度，她的这副打扮也是这个目的，来体现我的没品位和对女人的饥不择食，他妈的，老子算是又栽了！

我从钱包里拿出三十块钱递给张子露。

张子露的表情立即来了个大转弯，"哎哟哟哟，谢谢马哥谢谢马哥，还给这么多小费，以后别忘了常照顾妹妹我的生意噢……"

　　张子露满脸媚笑，扭着屁股走出去了，临走还不忘来个落井下石，回过头说："马哥，你屁屁上的那个胎记好可爱噢，嘻嘻。"

　　我晕死！这个死娘们！

　　"好了，大家各忙各的吧，没什么好看的。"沈总说话了，说完又把目光投向我。

　　"沈总，我……"我感觉到不知道从哪里解释。

　　"马游，你来我办公室。"沈总丢下话转身进了自己的办公室。

　　沈总坐定之后说话了："马游，你的私人生活我无权干涉，可是这种事情闹到办公室就太过分了，你让同事们怎么看你？又怎么看我？外面的人怎么看我们公司？"

　　我张嘴想解释说这是仇家的陷害，可突然感觉到此刻语言的苍白无力，有些事情是解释不清楚的，或者说是不需要解释的。那一瞬间我想到了被我甩身丢在赵一凯身边的韩朵。

　　我说："沈总，我错了，不会再有下次了。"

　　沈总叹了一口气，说："上周五下午孙梅的爱人找到公司了，说和孙梅联系不上，急得都要报警了，我把你的电话和地址给他了，他找到你那儿了吧？"

　　我说："找到了。"

　　沈总又说："这事你自己也要注意一下，孤男寡女同住一室的，别造成误会了，这种事男人应多负点责任。"

　　我忙说："不会的不会，孙姐她爱人开明着呢。"

沈总说："那就好，广告宣传的事情你也抓紧办，尽快把广告商落实下来，尽快让对方拿出策划书。"

我说："好好一定一定。"

回到自己的位置上我发现脑门上还在不断往外冒汗，眼睛向四周一扫发现办公室每个人似乎都在偷看我，我突然感觉到韩朵这帮人无所不能的杀伤力，或者说领教到女人的摧毁力，现在的我正头冒青烟，满脸焦黑，浑身上下破烂不堪，个人形象一片狼藉。男人报复女人需要找机会，女人报复男人则只需要找借口。所以，在女人面前男人永远是战败者。

心绪稍稍平静一点，我突然又想到一个问题，刚才沈总说她给了孙梅她老公我的电话和地址，可是为什么这个男人不是选择先给我打电话，而是七打听八问的直接找到我的住所？事先就抱着捉奸的心态，而上帝在不经意间正好给了他这种假相，是他的可悲还是我的可悲？

我想，应该是孙梅的。

【10】

这个下午我提前下了班，驱车来到文艺大厦。

将车停在文艺大厦对面的超市门前，透过车窗远远注视着文艺大厦门口进进出出的人流，汽车音响里传出劲爆的音乐。

大约五点四十分左右，一个穿着黑色短袖T恤和煞白色牛仔裤，挎着米黄色大肩包，留着短头发的女人从文艺大厦里匆匆走出，我注视着她，只见她独自一人沿着马路的对面迈步前行，走了五十多米到了一个公交站牌前下面停了下来。几分钟后一辆24路公交大巴在那个站牌停了下来，我看着那个短头发的女人挤上了24路公交大巴，我随即发动了汽车。

我尾随着那辆公交车开过一站又一站，大约到第七站的时候，那个短头发女人下车了，沿着马路的右侧继续向前走。我甩开公交车追了上去。

等车开的与短发女人并行的时候我减慢了速度，按下右侧车窗喊了一声：

"嗨！"

短发女人似乎没有听见，我又喊了一声："嗨，韩朵！"

韩朵还是没有任何反应，我按了一声喇叭，汽车随即发出

"嘀——"的一声脆响。

马路上的其他行人倒是被吓了一跳,可韩朵就像根本没听见似的,不为所动。

他奶奶的,原来是装蒜。当我正要喊第三声的时候,只见韩朵从我的车前迅速绕过,穿过马路,拐进旁边一条横向的街道。

我立即打了左转向灯,一把方向盘把车开进了那个街道。

等追上韩朵后,我透过车窗又喊了一声:"嗨,我说哥们,别这么酷行不行?追你半天了。"

韩朵这次有了反应,不过这反应不是扭过头跟我搭话,而是加紧脚步噔噔噔向前走去。

我一脚油门跟上去,在韩朵身后按了接连两声急促而又连续的"嘀嘀——"之后又和韩朵并行在路上。

"我说哥们,别不理我好不好?我这不是来议和的嘛。"我看着韩朵精致而又显得异常冷酷的侧面面部轮廓说,"你看,先是我用短信骗了你,再是你和张子露设反间计偷了我和马脸的衣服,接着我和马脸在你们公司演了把双簧,完了张子露又去我们公司客串了一回妓女,咱谁也不占便宜谁也不吃亏不是?二比二战平,咱握手言和不好?咱这是友谊赛就不用再打加时赛或是踢点球大战了吧……"

韩朵又紧蹬几步要甩开我,我又一脚油门跟了上去。

"你看,罗薇薇给我打了电话,丁琼又约我谈心,张子露也亲自披挂上阵了,你三个换人名额已经用完了,咱就不要再耗下去了行不行啊……"

韩朵又是加紧脚步要甩开我，我正要踩油门去追的时候被一个人在前面把车拦住了。

我定睛一看原来是一位警察叔叔，我还纳闷说我这种行为该不会构成性骚扰吧，要说强奸好像也有点牵强吧，那警察叔叔拦我干什么？

只见警察叔叔跨步走到驾驶室旁边，冲着我先是一个标准的敬礼，然后说："同志，请出示行驶证和驾驶执照。"

"您现在是在单行道上逆行，刚才还在有明显禁左标志的路口强行左转，又在市区内连续鸣笛，加上身为驾驶员不按规定系好安全带，根据《交通管理处罚条例》，四项违章并罚，共罚款人民币……"

第二天早上我挤公交车上班，自从买车之后就没有坐过公交车，所以对路线很生，早下了一站，慌慌张张赶到公司的时候刚好迟到一分钟。唉，贞操到底没有保住。

在自己的位置上坐定后我的第一个发现是：孙梅来上班了。

当我抬头扫视四周的时候发现孙梅正在看我，我冲她一个灿烂的笑容，她看到后也回了一个。不过，她的这个笑容更像是挤出来的，脸上的肌肉纤维只是匆忙堆出了一个笑的样子便草草收场了，给人一种很尴尬的感觉，这个眼神的交流让我觉得彼此很陌生。我把笑容收了回来，开始做事情。

　　整个一上午办公室的气氛都显得非常沉闷，大家都埋头做事情，只听得见手指敲击键盘的声音。不时有人开口问问孙梅的伤情，孙梅也只是简单回应两句而已，一副心不在焉的样子。

　　我则在赶做一份招标文件，我想通过招标的方式来寻找合适的广告商作为合作伙伴。

　　临近中午的时候正准备休息一下，QQ上孙梅的头像突然闪动起来，点开，是一大段话："小马，真不知道该向你说些什么好，上周的事情太对不住你了，宋波这人心眼太小了，这些年我没少受他的气，你千万别往心里去，否则我永远不会心安的，我一定会向他给你讨还一个公道的，一定要让他向你赔礼道歉，否则我不会原谅他的。还要感谢你这段时间对我的照顾，没有你的帮助我真不敢想象这段日子怎么熬过来，感觉欠你的很多……"

　　我回了一条："孙姐，我没事，你别太内疚，也别太跟姐夫较真，这事谁都有责任不是？呵呵，不过就难为你了，跟姐夫好好解释一下就没事了。"

　　孙梅那边打了一个咧嘴的表情然后打了一行字："唉，难得你还替他说话。"

　　之后孙梅在QQ上给我简单说了一下事情的经过，她老公去一个叫什么江的源头做水利勘测，那个地方手机没信号，孙梅给打电话老是无法接通，晚上她老公找固定电话又打给孙梅，打手机是关机，打家里电话是无人接听，一连几天这样，她老公一着急请了假坐飞机跑回来了，回家一看没人，而且家里的情景好像一个礼拜都没住过人了，跑到我们公司来打听到孙梅在我那，就要了电话和地址找过来了。

我说孙姐，那这就怨不得姐夫了，搁我我也想歪了。

孙梅回过来一个哭脸的表情就不说话了。

我把身子向后仰靠在椅背上，伸了个懒腰，嘿，误会归误会，让女人欠着自己的感觉真好。

没想到情况在下午的时候风云突变。

中午吃饭的时候孙梅和另一个孙玫还有何玲她们几位女士出去找饭馆吃了，我因为急着赶做标书，就要了外卖在办公室吃。从外面回来后孙梅的情绪就突然变得很不正常了，有一种急躁，气愤甚至抓狂的情绪写在脸上，回到办公室后跟谁也不说话，操起电话进了储藏室，从里面关上了门。

众人面面相觑，谁也不知道发生了什么。

我把目光投向了秘书小孙，问道："怎么？孙姐在外面受人欺负了？"

小孙慌忙回答："没……没有呀，马……马哥……"说着朝着何玲的方向看了一眼。

小孙似乎有些紧张，肯定有什么内情隐瞒着我，我用疑惑的眼光看了小孙一眼，小孙脸一红，慌忙把头低了下去。

可是，短短一顿饭的时间，会发生什么样的内情呢？而且这种内情使得小孙必须要瞒着我？

不小一会儿孙梅从储藏室出来了，眼圈红红的，显然刚刚哭过，但又想尽力掩饰住，保持一种平静的姿态和表情，却适得其反，欲盖弥彰，更显出自己的难堪。

所有的人都注视着她，只见她低下头走到自己的桌前，放下电话，转身又向沈总的办公室走去。不到一分钟就回来了，简单地收拾了一下自己的东西，挎上包走出了公司大门。

在经过我旁边的时候扭头看了我一眼，用一种难以琢磨的眼神，是幽怨，是内疚，或者是嗔怒，是疑惑，还是一种渴求，抑或那只是一个稀松平常的一瞥呢？这个眼神里包含了太多的复杂内容，我无从解析。

"小孙你过来。"我阴着脸对小孙说。

小孙的脸刷一下红到耳根，犹豫了一下还是站起来了，脸上是一种很不自然的表情，扭头看了一眼旁边的何玲，走向我这边。

我说："小孙，你现在把你们出去吃饭那段时间发生的事情一五一十地说给我。"

小孙的脸更加红了，一副很委屈的样子："马哥，我……"

"马哥，我来说。"这个时候后面的何玲突然抢了小孙的话，说道，"其实也没什么，吃饭前孙姐还有说有笑的，可是吃饭的时候我和她聊到……"

说到这里何玲的声音突然低了下去，我忙问："聊到什么？"

何玲被逼的没办法，说道："聊到……聊到你……你昨天的事情……"

我纳闷，我？昨天？什么事情？于是就脱口而出："我昨天什么事情？"

刚问出口我突然反应过来何玲指的是昨天张子露来公司闹腾我的事情，后悔已经来不及了，我这不是揭自己的伤疤么。

何玲似乎看出来我的醒悟，只是喏喏地说道："我只是随便聊的，随便聊的……"

我没理她，心想你不废话，不是随便聊你能说到这些？这个女人真烦，没事儿就喜欢嚼别人的家里长屋里短，对此充满兴趣，乐此不疲，直到给自己或者别人搞出麻烦为止。

到此我心里的一个谜团解开了，与此同时又产生了一个更大的谜团：张子露事件和孙梅有什么直接或者是间接的关系呢？以至于孙梅听说这一事件后起了这么大的反应？

我百思不得其解。

这时候突然闻到一缕淡雅的香水味道，我吸着鼻子用力嗅了一下，一种似曾相识的感觉，有些熟悉，好像在哪里闻到过。

我抬头一看果真有个女人站在我的前面，这个女人穿着一身月白色的职业套装，脖子上系着一条丝质纱巾，留着精巧的短头发，再一看脸我的脑袋嗡的一声。

韩朵看着我淡淡一笑，这种笑在我看来不代表高兴也不代表不高兴，不代表打招呼也不代表不打招呼，那只是一个笑容而已，意义简单到只是用来表达一句话：我是来找你的。

我迅速站起来绕过办公桌，走到韩朵跟前低下头附在她耳边压低声音说道："姐姐我不是都求过和了嘛，咱就别再折腾了好不好？张子露都用过这招了你再用就不好使了，剧情就重复了。"

韩朵转过头看了我一眼，这一眼看的我倍感紧张，我必须在这个女人发飙之前把她劝退了，否则我就死翘翘了。

我继续低着声音说道："再说姐姐你今天这准备也没做好不是？我们老总正好出去了，现在是下午了其他业务员该出去也出去了，首先时机不好，票房就大打折扣了不是？再者姐姐你今天的情绪也没有酝酿到位，不如昨天张子露那么有感染力不是？还有就是姐姐你今天道具也没准备充分不是？瞧你这身衣服这身打扮很难塑造人物形象，就算你今天别出心裁想玩个制服诱惑也得先把那个'远扬广告公司'的胸卡摘下来不是？所以说嘛，今天就算了先？麻烦你改天准备做充分了再来先？！"

韩朵顿了几秒钟，而后微微一笑，说道："马经理别紧张，我听说贵公司在为广告宣传的事情招标，我今天来是看能不能讨一份投标邀请函的。"

我大松了一口气，心想只要您老人家不是来捣乱的，给您老人家一撂都没问题。

　　韩朵又说话了，学着我刚才的口气："既然客户是被我气走的，生意是被我搅黄的，这个事情就理应我来办的不是？

【11】

六月的天气似乎更比五月热出三分，而且五月那种满街飘散的栀子花微微泛甜的芬芳，似乎也被六月的热浪蒸发到了三万英尺的高空。

在六月中旬一个热得透不过气的下午，在华天大厦顶楼的公用会议室里，我站在讲台上宣布："本次招标活动唯一中标的广告商是——远扬广告公司。"

然后就听台下唏嘘一片，有摇头苦笑的，有垂头丧气的，短暂的原地郁闷和发泄之后，各个广告商夹着提包纷纷退场而去，不大一会儿偌大的会场里就剩下三个人：一个戴眼镜的斯文男人，一个留着短发的年轻女人，还有一个留着马尾辫的瘦高男人。

斯文男人信步走上讲台来，满脸堆笑地抓住我的手使劲摇晃着说："马经理，感谢你，感谢你们选择了我们远扬广告公司，我们一定不会让你失望，一定不会让你失望……"

我只觉得手被他捏得生疼，赶忙抽出来，说道："赵老板，别这样，最终选择你们也不单单是我个人的意思，主要是我们沈总的意见，她说你们远扬公司小是小点，可是水平相当专业，做的策划很细致，报价也很实惠，是一家有诚意的公司。"

赵一凯连连回应到："我们都是正宗的学美术和学策划的科班出身，况且有这么些年的丰富经验，所以才显得专业嘛！"

我说："赵总，其实最终是你们公司对我们这次招标所表现的投入的态度，和低廉实惠的报价打动了我们。"

赵一凯一听夸他们又来劲了，刚要说话，却被我堵了回去。赵一凯这人什么都好，就是经不住别人夸，一夸就来劲了。

我抢在赵一凯前面说："那就这样，赵老板，你们抓紧时间拟合同吧。"

赵一凯有点急，说道："别忙下逐客令呀，马经理，晚上咱们聚一聚吧？我来做东请马经理吃个便饭。"

我怔了怔，看了看赵一凯身边的韩朵，而后挂了一个笑脸问道："韩小姐，赵老板要请我吃饭，你说我是应该拒绝呢，还是应该接受呢？"

韩朵被我这个突然的问题问的一愣，可是聪明女人就是聪明女人，随即便明白了我的意思，这个女人更高明之处就在于，即使明白了也不直接作答，而是把包袱又甩给了自己的老板。

韩朵也挂出一张笑脸，扭头问自己的老板："赵总，您说马经理突然问我这样一个问题，我该怎么回答他呢？"

我不由得心里暗自叫了一声好，韩朵真是太厉害了，一招太极八卦推手玩得风生水起，我这么凌厉的一招仙人指路就被如此轻松的化解，将问题转嫁给了赵一凯，而赵一凯无论回答是或者否都是没有意

072　灰色浪漫

义的，再者说句废话，赵一凯肯定会回答"是啊"。

况且我问韩朵那个问题的弦外之音就在于："韩小姐你作陪不？作陪我就去，不作陪我还去个屁呀。"韩朵稍加思索就领悟到了其中的奥妙，使出自己的太极推手，抛出自己的问题给赵一凯，我知道实际上她的弦外之音是给我听的："本小姐想去就去，不想去就不去。"

我甚至有点佩服这个留着短头发的女人了。

赵一凯哈哈一笑，说："你们俩搞什么小九九呢，大家一块去，一块去……"

然后安排另一侧的留着马尾辫的瘦高男人订座，这个男人搞不清是叫丁小戴还是戴小丁，就听赵一凯和韩朵一会喊他小丁，一会又喊他小戴，我就也小戴小丁地喊着，反正都没错。

小戴是远扬公司的当家策划师，相当有两把刷子，深得赵一凯赏识。不过我不太喜欢这个男人，我一贯的看法是，艺术是艺术，个人形象是个人形象，混成一谈就不好了。

我不喜欢小丁还有一个原因就是老觉得这人在韩朵面前晃来晃去，不时会影响到我的视线。

赵一凯又说话了："晚上叫上沈总吧？"

我连连摆手，说："不用喊沈总了，我代表就行了。"心想大凡业务员出身的视饭局为刑场，陪客户吃饭吃得太多了，好不容易当回甲方能免的就免，要不是韩朵今天在场我才懒得去呢。

晚上的饭局订在一个叫"香满楼"的川菜馆，其实就我们四个人，赵一凯还是要了一个包厢。

我坐在客人的位置上，右边是赵一凯，左边是韩朵，丁小戴则坐在赵一凯的另一侧，我对这样的坐法很满意。

坐定后赵一凯说："事先也没征求你的意见，不知道这里的菜合不合你的胃口，对了，马经理是哪里人啊。"

我说："别整那么客气，我离经理俩字儿还差得远呢，叫我小马就行了。我新疆人，从小在乌鲁木齐长大，考上大学才来的西安。你呢，韩朵？"

韩朵说："我西安的啊。"

旁边的马尾巴男人丁小戴插了一句："赵总和韩朵是西安人，我是福建人，马经理你又是新疆人，你看我们四个，正好沿着中国地图从西北到东南画了一条线啊。"

晕，还真有抢镜头的，这哥们怎么就跟许三多一样一点感觉不出来别人对他不感冒？

我说："我老家还是东北的呢。"

赵一凯说："那小马你毕业以后就一直在西安？一个人？"

我说："是啊，在这边已经八年了。韩朵毕业多久了？"

韩朵说："晚你一年吧。"

赵一凯说："那你在这边朋友多吗？"

我说："都是些吹吹打打的朋友。艺术学院毕业的？"

韩朵说："你问我啊？"

丁小戴说："这里的三个人都是艺术学院毕业的。"

晕，这里分明有四个人，就老子不是艺术学院毕业的，难道老子不算人？

赵一凯说："什么叫'吹吹打打的朋友'，小马？"

我说："吹吹酒瓶子，打打牌。"

赵一凯哈哈大笑，说："既然这样，如果不嫌弃就当我们是朋友吧，交心的那种。对了，你和小韩怎么认识的啊？"

我一愣，赵一凯怎么突然问起这个，这个与你何干，我有必要告诉你吗？

我看了看韩朵，韩朵也在盯着我看，那眼神意思就是：你不是挺能瞎编的吗，编啊。

我说："呵呵，当时是在一个画展上，因为对同一幅作品见解不同，就起了些争执，后来就认识了……对吧，韩朵？"

赵一凯哈哈笑了，说："那你们两个当时没打起来啊？"

丁小戴疑惑不解地问："哪次画展啊，我怎么没印象啊。"

韩朵忙解释说："那次你没在，你没在……"

我心想坏了，要被问出马脚了，赶忙转移话题。

我说："我听别人说赵老板一向治军严明，有员工因为和客户发生了点小误会就被赵老板扣光了半年的奖金。"

赵一凯哈哈一笑，伸着脑袋对韩朵说："小韩，你听听，马经理帮你讨公道来了，这个我哪架得住啊。"

我说："标你们也中了，人家韩美编功不可没，至于你们远扬公司事后会不会论功行赏，这个我管不着，可是先前扣掉的那事是因我而起，我就不能愣装熊瞎子喽，你说是不是赵老板？"

赵一凯说："马经理为人仗义执言，侠肝义胆，佩服佩服。"

这时候韩朵把酒杯端到我面前说："马经理，我先谢过你了，来，敬你。"

我说："好，干了。"

想起一个多月前在KTV的那个晚上，我和韩朵也相互喊着要干杯，那次我们各自心怀鬼胎，彼此为了算计对方而叫嚷干杯；今天的干杯却是为了庆祝互相结成的统一同盟，世事变化好无常啊。

我瞪着眼睛说："赵老板，我们这酒都干了也不见你表个态啊。"

赵一凯一拍桌子："好，明天就办。"

【12】

　　孙梅已经快两个礼拜没有来上班了，这中间一定出了什么问题，至于具体是什么问题，我就无从知晓了，或许和我有关，也或许和我无关，管他呢，懒得去想。

　　沈玉婉肯定知道是怎么回事，不然她还能坐得稳如泰山。

　　这时候电话响起，韩朵的。

　　"喂，马经理，我是韩朵。"

　　"哦，韩美编，你找我？"

　　"是这样的，我们在市区的繁华地段谈下来一些广告铺位，赵总的意见是优先供你们挑，不知你们有没有兴趣？"

　　"哦，那好啊，我们去看看。"

　　"好呀，你什么时候有时间？"

　　"我现在就有。"

　　"现在？恐怕不行啊，我手头上还有点要紧的事情，下午怎么样？"

　　"哦，那好，只是……"

　　"什么？"

　　"我车子今天不在。"

"哦，这个没问题，我下午去接你吧。"

"好好好，下午我在办公室等你。"

"下午见。"

下午我见到韩朵是在华天大厦的地下停车场。

当时我正在华天大厦的地下室四处张望，韩朵从一辆黑色轿车里探出头来喊："马经理，这里！"

我从车前绕过，拉开门上了副驾驶室。

我说："没看出来，你真有钱啊。"

韩朵发动了汽车，问："什么，你说这车吗？"

"是啊，我还能说什么。加长版的奥迪A6，还是个3.0的高配。"

韩朵不动声色，说："我哪能买得起这个啊，这是赵总的，今天正好逮空借出来了。"

我想了一想，说："你们赵老板对你真大方。"

韩朵说："哪儿呀，是对你们公司重视，要搁别的事我肯定借不出来。对了马经理，你的307呢？"

我说："你不提这事我牙根还不痒痒呢。"

韩朵问："怎么了？"

我说："你还记得上次那个单行道不？"

韩朵一头雾水："什么单行道？"

我说："单行道上逆行；禁左路口左转；禁笛区鸣笛；身为驾驶员又没带安全套……"

韩朵一愣。

我忙改口说："不对，没套安全带。四罪并罚要罚我六分，我本儿上就剩四分了，罚完还欠那个警察叔叔两分呢。"

韩朵说："噢……我不知道你只剩四分了……"

噢？什么意思？

汽车行驶在二环路的高架桥上，我坐在副驾驶室里，伸手按灭了车里的音响。

我说："我一直还以为我们扯平了呢，原来我驾照被吊销这出也是你安排的？还安排了警察叔叔的戏份，用心良苦啊。"

韩朵掖着笑说："哪里哪里，我只知道那条街道改单行道了，当时你追得不依不饶的，我也是灵机一动拐进去的，没想到你真跟了进来，至于那个交警，就真不关我的事了啊。"

我说："难得我还傻了吧唧地帮你讨工钱，这应该算是以德报怨吧韩美编？"

韩朵说："过去的事情咱们就不提了吧马经理。"

我说："这哪能啊，正是因为过去的事情，致使现在的我失去了合法驾驶汽车的权利，要不这样，你给我当一个月的司机以弥补损失，就一个月，我下月新的驾照就申请到了……"

韩朵说："那算了，我还是放弃那份奖金吧。"

我说："唉，我怎么遇上你这么一个主呀。"

韩朵说："呵呵，我知道马经理不会为难我一个小女子的。"

我说："不过我觉得你今天怎么着也得请我吃顿饭吧，你说呢韩美编？"

韩朵说："这没问题，谁让您是甲方呢。"

我说："别别别，两码事。以甲方的名义提要求那叫吃拿卡要，以私人的名义那叫弥补心灵创伤，性质不一样。"

韩朵说："那好，既然这样地方就得由我来定。"

我说："同意，不过菜就得我由来点。"

韩朵说："同意。"

忙活了整整一个下午，选位置，谈租金，商讨方案和布局，最终敲定了几处人流量比较大的广告位，等忙完了已经是夜幕降临，车窗外华灯初上。

我说："韩美编，该吃饭了吧。"

韩朵努了努嘴说："噢，就这里了。"

我抬头看去，正对着目光处确有一家餐馆，门口的霓虹灯五彩缤纷，交替闪耀，墙上硕大的一个老人头像发出白色的光芒，门檐顶上三个红色的大字闪闪夺目：肯德基。

两个人各自点了些吃的，在二楼一个靠窗的位置坐了下来。

我说："我还以为你会带我去找个地摊吃碗豆腐脑呢。"

韩朵看着窗外，头也不回说了句："我还以为你会一口气点五十份外带全家桶呢。"

"呵呵，韩朵，说句实话我喜欢和你这样过招。"

"过招？"韩朵转过头来，一脸的惊讶。

我接着说："有种棋逢对手的感觉，这种感觉久违了。"

韩朵说："别，马经理，我们现在已经不是敌对关系了，是合作伙伴。"

我说："拜托，现在是私人时间，我说的也不是工作，难道你不认为我们在工作之外还有朋友关系吗？"

韩朵笑笑，低头用吸管吸果汁。

"马游，知道我为什么带你来这里吗？"

"知道，你在这里有股份。"

"切，你看对面。"

我朝窗外望去，街的对面是一家婚纱影楼正在搞宣传，二楼的落地窗后面几个模特穿着靓丽婚纱摆出各种迷人的POSE，乳白色的灯光撒下，个个举止优雅，造型精致。街边聚集了一群人仰头观望。

我问："你要结婚了？"

韩朵说："晕，你仔细看中间那个模特，是丁琼。"

我再次定睛望去，只看见中间的模特一袭纯白色婚纱拖撒到地面上，由于距离太远看不清面孔，不过从轮廓上来判定，应该是丁琼。

韩朵问："你知道我们四个是怎么认识的么？"

这个我倒挺感兴趣，我看着韩朵，等待她的下文。

韩朵接着说："要说也是一种缘分吧，我们四个是在同一天里认识的，四个素不相识的陌生人在同一天成了朋友，这不是缘分是什么呢？"

我在心里使劲憋住笑，这也叫缘分？那么上大学报到那天我们同寝室的八个人也不是同一天认识的？照这么说缘分这东西也太随便了，就和马脸的贞操观一样。我倒觉得一个未婚女青年把短信错发给一个未婚男青年那才叫缘分。

韩朵说："那天我们帮张子露他们房地产公司做宣传，请丁琼的模特公司走秀，薇薇过来买房子，中午的时候正好在同一张桌子休息，那天我们四个聊得很投机，到现在都是很好的姐妹。"

韩朵突然顿住，看着我。

我有点紧张，问："看我干什么。"

韩朵说："马游，我知道你在笑我，笑我天真，笑我居然能把这种相互为甲乙方的业务关系看作缘分和友谊，可是你有没有想过，业务往来也是结识朋友一种方式，你的客户不都是先成为你的朋友继而才成为你的客户的？难不成你只把他们当成出订单的机器？这不算是种缘分吗？就像你刚才问我的，你和我在工作之外有没有一种朋友关系？"

我低着头狂啃汉堡，说："这个汉堡真好吃，我要再来一个……"

【13】

孙梅还是没来上班，也不知道是辞职了还是请假了，我心里隐隐有种不祥的预感，总觉得这事情和我有关，可又找不到任何的缘由，或许该打个电话给她吧。

可是，这样会不会打翻她老公的醋坛子呢，给那个叫宋波的男人多疑的伤口上撒把盐，挑起他们夫妻间新一轮的战争呢？想起上次的事情，我很怵很犹豫。

突然就在周六的上午接到了孙梅的电话。

"喂，小马。"

"孙姐，呵呵，正寻思你呢，好久没见你来上班，有事吗？"

"小马，对不起……"

我一怔，问："孙姐，你说什么？"

那边没有回应，只是沉默。

我被彻底搞糊涂了。

过了一会儿，孙梅才出声。

"小马，你有空吗，我们见面聊聊好吗？"

我想了想，说："好吧。"

临近中午时分，我在咖啡厅的三楼见到了孙梅，孙梅看上去好像瘦了一些。

在临窗的一张桌子两侧我们相对而坐。孙梅说的第一句话就差点让我把咖啡喷出来。

孙梅说："马游，我离婚了。"

我惊讶，疑惑，纳闷，感到不可思议，瞪大眼睛问："孙姐，为什么啊？！"

孙梅听到后突然表现得比我更惊讶，疑惑，纳闷和感到不可思议，眼睛瞪得比我还大："为什么？还不是因为你！"

我顿时紧张无比，显得手足无措，慌乱间失手碰洒了咖啡，酱红色的咖啡顺着白色桌布迅速向四周流淌蔓延，孙梅赶忙掏出纸巾来擦拭。

我挡住她说："不不不孙姐，这事情还是先说清楚的好。"

孙梅也紧张，说："不不不小马，你误会我的意思了。"

我更紧张："孙姐，你这么说我没法正确理解啊。"

孙梅脸红，说："是我表达不正确，不好意思，不好意思。"

我说："那你赶紧来个正确的表达啊。"

孙梅愣愣地看着桌角，突然"啊"地叫了一声，随着她的一声叫，我已感觉到那壶正在桌上四处扩散的液体，已顺着桌布的垂角淋漓滴滴撒在我腿上，迅速移开，再看时我月白色休闲裤上已留下数点处女血般暗红的斑点，如梅花般清晰绽放。

孙梅说："其实我离婚的原因你或许能猜得到。"

我说："不着急，不着急，慢慢说，慢慢说。"

原来，宋波对孙梅一直不放心，自从上次孙梅在我家里被宋波撞见后就更加坚定了宋波对孙梅的这种看法，并对我怀恨在心，三番五次的在孙梅面前扬言要收拾我，收拾不了我也要恶心恶心我。当时恰逢张子露扮演妓女来公司闹鬼，孙梅一下子就把这事和宋波联系在一起，因为孙梅觉得这种报复方式很像宋波的一贯手法，于是回家讨伐宋波，宋波自然不承认，反而斥责孙梅做贼心虚，恶人先告状，结果两个人愈演愈烈，矛盾最终膨胀到了极点，离婚了。

我听得有些发晕，果不然是为了我而离婚，可是，我作了吗？我怎么这么倒霉，在别人夫妻俩感情发生裂变的两次重要事件中，无知无觉地扮演了主角，难道我就是传说中的扫帚星？终结者？

杀人于无形之中，也不过如此吧。况且我感觉这事情恐怕比杀人还要难一些。

想想，他们夫妻二人的分手，是因为老天造就的致命巧合，还是本来就缘分已尽，离别只是在等待一个契机呢，抑或是相互爱到了极限结果整成了物极必反？于宋波而言，他太在乎孙梅，所以因为爱而伤害。可仔细想想，孙梅呢，她信任宋波吗？她凭什么一棒子把人打死说那个妓女是宋波雇的？只是因为事情发生的时间顺序上的巧合？

信任应该是相互的，婚姻中如果没有信任可言，会有千千万万个巧合在前方等待着毁灭。

孙梅还在絮絮叨叨，说："宋波这人可小心眼了，还爱使一些下三烂的手段，我实在忍不下去了。大学的时候别的班有个男生给我送了束花，当时我和宋波已经处成朋友了，宋波知道后把人自行车带给扎了，最后搞得两个班差点打起来……"

我再也无心听下去，只觉得心烦意乱，两只耳朵嗡嗡作响。就连要不要把事情的真实情况向孙梅澄清这样的问题，都懒得去考虑了。

后面的一段日子我陷入了深深的郁闷之中，深信自己就是孙梅夫妇俩的克星，克星当到我这份上也算是极至了吧。

我还是觉得该向孙梅坦白内情，最好能拉上张子露，这样就更有说服力了，还有韩朵，她不是幕后主谋吗，正好让她瞧瞧她的恶作剧造成了多么严重的后果，居然还玩出了隔山打牛的效果。

可是这样会不会又太驳别人面子了呢？孙梅好不容易做了一生中最重大的一个决定，了断了一段婚姻，你却告诉她这是一场啼笑皆非的误会。就好比有人忍痛宰了自家鸡场里所有的鸡，你却告诉他："哥们，这些鸡没有感染禽流感，你看错化验单了。"这哥们恐怕要比宰鸡之前还要郁闷吧？还不如不告诉他呢。

可我又觉得不对，这个比喻不完全恰当，因为鸡死不能复生，可是孙梅就完全可以复婚嘛。

可我还是觉得不对，万一孙梅的婚姻也死了呢？

想着想着想乱了，于是更加郁闷。我觉得应该找个人聊聊，找个地方排解一下也好啊。

我拨了个电话给马脸。

彩铃挺好听，我一直听了三遍。

我又拨了另外一个电话，这次很快接通了。

"喂，韩朵，晚上有安排吗？"

电话那头韩朵压低声音说："我在上课。"

"上课？上什么课？上课你也可以逃课啊，喂喂喂，出来玩吧，咱们去蹦迪……"

"拜托，别闹了，我是老师。"

过了半个小时韩朵回电话过来了："不好意思，刚才在上课。"

"哦？你是老师？教什么，教整蛊吗？"

"扯，我教美术概论和素描基础，你要不要改天来听听讲，接受接受熏陶？"

原来，韩朵作为兼职教师被返聘到艺术学院函授部，每周上四节课。

我开玩笑说："你这占用工作时间兼职挣外快，赵老板能答应你？"

韩朵说："就当自己是知识再巩固喽，我这也不是为了赚钱，再说这事还是他帮我联系的。"

我问："赵老板对你这么好啊？"

　　韩朵似乎不太愿意谈论她的老板，就转移话题："说吧，找我什么事？"

　　我说："晚上一块去玩吧，今天在抽屉翻出一张'醉城'的存酒单，再不消费就过期了，帮帮忙？"

　　韩朵说："算了吧，在那种场所，我怕我们相互戒备森严。"

　　我呵呵笑了，说："既然这样，那不如让我们彼此对对方大开城门，赤诚相待，怎么样？"

　　韩朵也笑了："那我更怕。"

　　我说："嘿嘿，你放心，我绝对会'路不拾遗'的。"

　　韩朵说："哈哈，傻子才信你。好好好，不开玩笑了，言归正传，蹦迪就算了，人少了没意思，改天喊上张子露她们几个一起去。不如这样，下周末艺术学院有个画展，我请你来看画展，怎么样？"

　　我问："画展？你觉得这种艺术形式适合我吗？"

　　韩朵说："有什么不适合的，每学年开学的时候，为了迎接入校的新生，艺术学院都举办这样一个'迎新'画展，也就是老生展示所学给新生看的，你当自己是新生就行了呗。"

　　我想也好，到时候可以看看艺术学院的美女。

【14】

　　我怀着这个单纯的愿望，等待了半个月，等到和韩朵一起踏进了艺术学院的校门后，我终于恍然大悟，想通了一个道理：希望有多大，失望就有多大。

　　我对旁边的韩朵说："我悟出了一个道理。"

　　"哦？这么快？"

　　我说："你看这些来来往往的女生，个个都散发着艺术的气质，你有没有想过她们当初为什么会选择来学美术？"

　　韩朵不解，斜着眼睛看着我。

　　我说："我觉得，'美'对她们来说是一种缺失，当然，这个从外表就看得出来，所以嘛，她们从小就对'美'有一种刻骨铭心的理解和渴望，深度和别人不一样，这种理解就转化成了后来孜孜不倦的追求……"

　　韩朵的表情充满了失望和鄙夷，说："还指望你来接受艺术的熏陶，看来你不污染艺术就不错了。"

　　我忙回道："当然你例外，你例外……"

　　韩朵说："行行行，别贫了。到地儿了，这就是学校的大礼堂，画展在里面。"

　　我抬头看，礼堂是一所古旧的老式建筑，青砖青瓦，门口竖了一个牌子，上面写着：迎新画展。

　　走进一看，里面空间宽阔，四周墙壁上挂满了各式各样，大大小小的画。来看画的人也不少，三三两两的，不时低声评论几句。看上去挺像那么回事的。

　　我指着一幅画对韩朵说："这个我看的懂。"

　　"这个叫'中国画'，用毛笔蘸完墨汁再用水洗一遍画上去的，上初中的时候美术老师也让这么画的。如果猜得没错的话，这幅画应该是表达对友人送别之情的，李白有首诗写道：孤帆远影碧空尽，唯见长江天际流。这幅画描绘的就是这样一个场景。你看，两边是山，中间是水，近处是岸上的杨柳树，远处的那个小黑点就是渐行渐远的船……"

　　说话间趴在画上的那个小黑点"嗖"的一下飞得无影无踪，韩朵挂着一脸的坏笑看着我，意思是：小样，看你怎么收场。

　　我朝着那只苍蝇飞离的方向惊呼："哇噻，还是飞船哪！"

　　韩朵咯咯地笑出声来了："呵呵，近视你还不戴眼镜啊？"

　　我说："这……这……这礼堂光线可真够暗的……"

　　韩朵说："放松点，别紧张，别紧张。"

　　我说："看看别的，看看别的。"

　　韩朵说："不过你的建议蛮好的，这幅画画工很讲究，山石水柳画面布局非常合理，水墨浓淡搭配也恰到好处，只是总感觉缺点儿什么来渲染意境，是该添条小船在远处的。"

这时候又有只苍蝇盘旋而来，绕了几圈后嗡声戛然而止，着陆在画面上，我定睛一看恰好停在原来的位置，一巴掌下去那只苍蝇躲闪不及，被拍死在画面上，留下一个红黑色的小点。

我欢呼道："有了有了有了。"

韩朵大惊道："你干什么啊？"

我说："这下是不是有意境了？"

韩朵迅速扫视四周，说："快走。"拉起我就走。

我追问："一条船够不够，要不要多拍几条？"

韩朵说："拍你个头啊，你知不知道别人画这样一幅画要耗费多少心血啊，被你一巴掌全毁了！"

我低着头，看到韩朵还抓着我的手没有松开。

韩朵说："幸亏我们跑得快，不然被画的作者撞到了就麻烦了，我都要被你牵连了。唉，真不该带你来看画展。"

我说："韩朵你好恶心，那只苍蝇被你揉碎在我手心了。"

韩朵慌忙甩开我的手，埋怨道："你不早说！"

我解释道："我还以为你不在乎呢，我开始也不在乎，后来你越来越用力，反倒是我实在受不了了。"

洗完手再回到礼堂里，韩朵说："这下你不许说话，跟着我走，不懂的也不许问，我一一解释给你。"

　　我很郁闷，问："我不问你怎么知道我不懂？你不知道我不懂你怎么解释给我？"

　　韩朵说："我刚说了不许问的。"

　　我更加郁闷，只好跟着往前走。

　　韩朵倒是不遗余力，一一介绍。

　　"你看，这边是素描，为什么叫素描呢，是因为它色彩单一，着重表现的是形式和结构。要用单一的色彩表现出强烈的立体感，物体和光线关系处理就比较重要，你看看这幅，光线就是从左上角斜射下来的。"

　　"再看这边，这是工笔画，那边的那种叫版画，还有那种，拐角的那些，叫油画，属于西洋画的种类。"

　　我指着一幅画问："这个呢，叫什么画？"

　　韩朵说："什么呀，这是书法，写的小篆啊。"

　　"哦，了解，了解。"

　　韩朵白了我一眼："说了不许问的，你又出洋相。"

　　我说："我憋了半天，你倒是迟迟不介绍这个，我唯独对这个感兴趣的。"

　　韩朵说："唉，真不该带你来看画展。"

　　我说："我倒是不懂就问啊，积极性很高。你看你看，这幅画把人眼睛都画成了长方形，水平这么差也挂出来啊。"

　　韩朵说："这是抽象派画法，线条和色彩的运用不代表事物的外部特征，而是情绪的宣泄和感情的表达。欣赏的时候，你不用理会到底画的是什么，如果能给你带来某种情绪上的波动，比如激动啊，烦躁啊，悲伤啊，兴奋啊，那就证明你已经看懂画了。顺着这个思路往下走，你感觉感觉，给你带来哪种情绪了？"

我摇摇头，说："唉，无聊。"

韩朵很兴奋，说："对对对，就是无聊就是无聊，作者要表现的就是这种情绪，看不出你其实蛮有悟性的啊。"

我愕然，然后赶忙跟着点头，说道："这个简单，这个简单，把眼睛都瞪成方的了，能不无聊嘛。"

韩朵有些上瘾，说："那好，找幅难一点的你看看。来来来，你再看这幅。"

我看了半天，说："这幅画的是一辆自行车，车子有些破旧，漆皮掉了不少，轮子已经扁了，车梁都有些弯了……"

这时候旁边一个女生冲到我面前，一副很不高兴的样子，瞪着我说："你乱说什么呀！"

这个女生矮矮胖胖的，小眼睛大鼻子厚嘴唇，戴着一副厚边眼镜，就外表而言，属于那种不会让男人产生任何想法的类型。当然，除非你审美取向特殊。

我说："这位同学，麻烦你让一下，我们在鉴赏这幅画。"

韩朵有些紧张，拽着我的衣角，小声说："马游，我们走……"

女生急了，说："鉴赏就鉴赏，这分明画的是两个人，你凭什么说是自行车啊！"

我一愣，说："哦？这位同学，看来你也对这幅画比较感兴趣啊，来来来，我们探讨一下。你看，这是自行车梁，这是后座，下面那个是脚蹬子，上面突起的是铃当和闸，前后两个圆圈是车轮子……"

女生更急了："什么车轮子啊，那是人脸啊，你看清楚了！"

韩朵更紧张了："马游，别争了……"

我对韩朵说："你等一下，还是解释清楚了好。"

我转过头对女生说："这位同学，这分明是车轮子，怎么能是两个人呢，看来你没有领会到作者画这幅画的意图。来来来，我给你讲解一下，作者为什么要画一辆自行车呢？我想作者一定是个环保主义者，想以这幅画来号召大家要节能减排，多骑自行车少开汽车，这样既锻炼身体，又保护环境……"

女生狠狠地把口香糖啐在地上，嚷道："什么没有领会作者的意图啊，我就是作者，证明给你看！"

说着女生掏出学生证甩在我面前，上面写着：油画系12级一班，梁燕。我再看那幅画的右下角，也写着同样的字：作者，油画系12级一班，梁燕。更郁闷的是，我还看到了画的名字：杜丽莎夫人和她的小孙女。

我看着画自言自语道："原来真是两个人啊。"

女生情绪更加亢奋："你存心的，侮辱我的画，欺负我！"

韩朵忙来打圆场，说道："同学，他的确不是很懂画，不好意思，不好意思，你别介意，别介意啊……"

我也忙解释："这位同学，我真的不是故意的，真以为是辆自行车，我刚才还在琢磨为什么两个轮胎不一样大小呢，原来是两张脸啊，误会误会，哈哈……"

话还没说完，就被韩朵拽着逃出了人群。

一口气被拽到了礼堂外面，韩朵才停下来，我说："想不到你力气真大啊。"

韩朵阴着脸说："你是存心来整蛊的吧，马游。"

我顿时又觉得郁闷无比，像一个表演失败的演员一样，没有掌声，不被承认，尴尬退场，且无人安慰。我说："唉，你真不该带我来看画展。"

韩朵似乎察觉到了我的郁闷，说："算了吧，我就这么一说，其实你挺有悟性的，第一幅画你不就看明白了嘛。"

我很想开口告诉韩朵第一幅画也是瞎扯淡，想了想没说出口，我怕酷爱美术的韩朵接受不了这个打击。

韩朵继续说："其实美术这东西，横看成岭侧成峰，见解不同很正常，重要的是坚持自我，只是你今天运气不好，跟作者磕上了。画展就跟论坛一样，好多楼主都在自己的帖子里潜水，看到有说自己不好的上去就拍砖。"

我觉得韩朵这个比喻很恰当，郁闷的情绪有所减缓，很想夸她两句，可是想到自己是个受委屈者，不太适合开口夸人，只好继续沉默以示郁闷。

韩朵也没有说话，两人缓步朝前走，一左一右。

校园里的大道宽阔笔直，两侧长满了成年的法国梧桐，树冠茂密而葱郁，阳光斜射下来，留在地上的只有斑驳的阳光碎片。

偶尔也会有树叶飘落而下，秋天就要来了。

不时有一对对的校园情侣与我们擦身而过，年轻的情侣们单纯而稚气，甜蜜而专一，一如七年前初尝爱情滋味的我。可是七年前与我十指相扣走过夕阳的人早已远离，留我只身空惆怅……呵呵，26岁的我已经学会了怀旧了。

这个时候，校园的广播里响起了陈奕迅的歌声，当唱到"爱情不停站，想开往地老天荒需要多勇敢"的时候，韩朵突然转过身问我："你怎么不走了啊？"

怀旧的氛围骤然间被破坏的荡然无存，我郁闷无比，决定用欺骗来报复韩朵。我指着旁边一棵树说："你听，上面有只知了，母的。"

"呵呵，别装了，还为刚才的事情郁闷呢啊？这样吧，我带你去个地方。"

【15】

我跟着韩朵，从艺术学院的后门绕出来，趟过一条两边都是卖画具的狭窄街道，在一栋旧式小楼前面停了下来。

这栋小楼只有两层，侧面墙壁已爬满了青藤，由于暮色降临，门口的霓虹灯已亮了起来，霓虹灯很简单，单一的颜色来来回回闪烁着五个字：蔷薇咖啡屋。

我们上了二楼，选了个靠窗的角落坐了下来。这家咖啡馆装修很简单，布置得却算得上雅致，淡灰色的地面配着米黄色的墙壁，粗木纹的桌椅倒也显得古色古香，每张桌子上靠墙壁的角落统一都放着一个小小的花盘，栽植着数种不同的植物。

我的桌上是一盆盛开着的案头菊，花开得很大很舒展，细长的花瓣几乎要垂撒到桌面上。我低下头嗅了一嗅，有一股涩涩的清香，给人一种身心怡然的感觉，很舒服。

咖啡馆里顾客不算多，稀稀拉拉地分布在四周，旁桌的好像是几个学生，在谈论着彩票。

我说："你带我来这干嘛？"

韩朵说："你不喜欢？"

我说："对于咖啡，我无所谓喜不喜欢，关键在于和谁喝。"

如果是在电影里，男主角把话说到这个份上，情节再往下发展就是：女主角歪着脑袋，表情暧昧地看着男主角说：哦？那比如说和我呢？

这个时候我表情暧昧地看着韩朵，等待着她说出关键台词以推动情节的发展。而且我已想好后面的台词，如果韩朵说："哦？那比如说我呢？"我下面的台词就说："这个嘛，还不好说，只有喝喝才知道。"然后冲着她使劲放电，这样才比较酷。

"暧昧"这个表情不好做出来，首先要保持面部的微笑，要嘴角稍稍上翘，要眉头轻锁，眼神还要表现得迷离一点。这个表情做久了会导致面部肌肉疲劳，严重点搞不好会肌肉拉伤。

我只坚持到眼皮发酸的程度就放弃了，因为韩朵只顾低头翻看菜单，全然没有理会我的意思，一副拒绝配合剧情的样子。

半天，韩朵头也不抬说了一句："我和你相反，喜欢喝咖啡，和谁喝无所谓。"

这时候我的视线里出现了一个长发飘飘的美女，美女距我十米开外，且只给我一个背影。从背影看算是一个标准的美女，个头高挑而且身材匀称，可谓身姿婀娜曼妙，让人对她的正面形象浮想联翩。美女正站在角落的一张台案旁边，配合着另一个低矮的穿咖啡店制服的男人摆弄着一堆气球，由此可判断应该是咖啡馆的工作人员之类的吧。

韩朵眼神上挑，问："看什么呢？"

　　我没有收回目光，随口答道："翩若惊鸿，婉若游龙。荣曜秋菊，华茂春松。仿佛兮若轻云之蔽月，飘飘兮若流风之回雪。远而望之，皎若太阳升朝霞；迫而察之，灼若芙蕖出渌波……"

　　韩朵扭头朝后看，也发现了那个美女，回过头对我一笑，问："漂亮吧？"

　　"嗯。"

　　"是不是有些眼熟？"

　　"眼熟？听你这么一说还真感觉有点。"

　　"想不想认识？"

　　我赶忙收回目光，问："难道你认识？"

　　韩朵说："是啊，我帮你喊过来。"说完就要起身，我忙拉住她。

　　"别别别，你先描述一下她脸长什么样，万一正面形象过于离奇就算了啊。"

　　韩朵眼中充满了鄙夷，甩开我转身朝美女打招呼："薇薇……"

　　长发美女转过头来，我定睛一看，果然是罗薇薇。

　　罗薇薇放下手中的东西，迈步走了过来，两鬓的长发一飘一飘的，真好看。

　　"嗨，韩朵，是你啊。"

　　"是啊，嘿嘿，就说在一楼前台怎么没看到你，躲在这里搞什么东东呢？"

罗薇薇说:"没有啊,布置一些气球。呵呵,马游也来了啊,欢迎欢迎。"

我忙站起身打招呼:"罗老板生意兴隆,生意兴隆,哈。"

罗薇薇说:"我哪是什么老板啊,只是给自己找点事情做而已了,都别站着啊,坐着聊。"

韩朵问:"新鲜的咖啡豆是不是到了?"

罗薇薇笑了,说:"是啊,今天刚到,让哲浩帮你拿吧。"

韩朵也乐了,说:"呵呵,看来今天来的正是时候,你们先聊,我去煮咖啡了。"说着就下楼了。

刚才那个低矮男服务员端上来些小点心和柠檬水,我说:"罗老板是不是要店庆六十周年了,搞这么多气球啊。"

罗薇薇说:"哪里有六十年店庆啊,你又在开玩笑了,下周末就是七夕节了,提前布置一下,让客人们提早感受浪漫的气氛,呵。"

我说:"哦,不过说实话,大学周边开咖啡馆不太划算啊,开个酒吧呀录像厅呀肯定赚钱,要不直接搞成情侣钟点房,那玩意不愁生意不火爆。"

罗薇薇笑笑说:"我开咖啡屋不是为了赚钱,只是给自己找点事情做罢了,再者我倒不希望人很多,这里平时我和哲浩两个人就够应付了。我比较喜欢安静,看着这些客人在这里安静地看着报纸喝着咖啡我就很开心了,我更希望每个来这里的人都能喜欢这里,这就足够了。就像韩朵,每次来这里都要自己煮壶咖啡的。"

"哲浩？刚才那个小伙子吧？"

罗薇薇说："嗯，崔哲浩，朝鲜族的。"

我说："你把他包装成韩国明星，再能弹弹琴唱唱歌就更好，你这就不愁上座率了。"

罗薇薇说："嗯，很多学生都以为他是韩国人，来和他学韩语，现在这些学生，好像对韩国文化比较感兴趣。"

我噢了一声，问罗薇薇："像你这么经营，除去房租水电成本，恐怕也没几个盈余吧？"

罗薇薇说："盈余还是有的，房子是欧伯伯的，他收我很低的房租，我这里还有政府开给孤儿院的免税证明，能省下一大笔开支的。"

我有些纳闷："孤儿院？"

罗薇薇淡淡一笑，说："看来韩朵没告诉你这些啊。欧伯伯是位神父，开了一家孤儿院，我就是那里面长大的。"

我一惊，随口而出："孤儿院？"

罗薇薇呵呵一笑："是啊，孤儿院。"

我觉得自己失礼了，忙用傻笑来掩饰。心想这么一位温柔贤淑的美女居然是孤儿院长大的，不简单不简单，罗薇薇一定有着和别人完全不一样的经历和身世。

罗薇薇并不想多谈自己的身世，说："这栋房子就是欧伯伯的，他只象征性的收我一点租金，所以成本很低的。说实话我也不是什么做生意的料，开这个咖啡馆也无所谓赚多少钱，只是想给自己创造一个安宁的空间而已。每天都有事情做，却不为凡事所累；无欲无求，也就没有烦恼。"

我说："你这么说来我倒有点羡慕你这种都市隐居的生活了，不为名来，不为利往，倒也衣食无忧，做自己所喜欢的事情，享受自己所安排的生活，倒有点像是'摘得桃花换酒钱'的唐伯虎，呵呵。"

罗薇薇说："呵呵，你言重了，其实每个人都有机会选择这样的生活，可是这样的选择出现的时候却又都不屑一顾。人们都有着自己的梦想和目标，无论梦想是大是小，目标是近是远，为之努力追逐，坚持奋斗，是一种很快乐的过程。我这样只能算是虚度年华罢了。"

我说："只是两种不同的生活方式而已，没有谁好谁坏之分，谁都有权利选择自己喜欢的生活，这与别人无关。那个朝鲜小伙子，也和你志趣相投，才不远千里来这和你一起都市隐居的？"

罗薇薇说："哲浩也是个苦孩子，他老家在吉林乡下，生活穷苦。那年他独自一人来西安卖朝鲜泡菜，结果赔的一趟糊涂，又大病一场，到最后身无分文了，我收留了他，他就一直在这里帮我。"

我说："噢。"

罗薇薇说："我觉得自己的生活方式太另类，老怕别人嘲笑我不思进取，都有些自卑了，呵呵。"

我说："得了吧，你不嘲笑别人就不错了，像我们这些人哪，一个个忙的跟陀螺似的，还不是为了功名利禄，真的很有意思么？也不见得。说什么享受奋斗的过程，那是瞎扯，哪天买中了500万的彩票，谁还愿意继续享受奋斗的过程啊。"

我继续说道："你才是真正的享受过程的人，享受整个生活的过程，羡慕啊。"

罗薇薇说："呵呵谢谢。不过我更羡慕韩朵。"

"韩朵？"

"是啊，韩朵。"

"她有什么好羡慕的，还不是个陀螺。"

"不不不。"罗薇薇说，"韩朵可不一样，她有自己的理想和目标，而且她的理想和目标是完全出自于自身的爱好，所以她一定很享受自己奋斗的过程，这和别人不一样的。"

"噢？"

这时候我看见韩朵端着咖啡壶缓缓走来，停在罗薇薇身后，说："哦，你们说我什么来着？我都听见了，净是坏话。"

罗薇薇转头，呵呵地说："没有啊，都是好话啊。"

我说："没有没有。罗老板跟我说，韩朵人长得漂亮，又知书达理又兰心蕙质又会煮咖啡，而且又是单身。对了罗老板，你刚才问我什么来着？我是不是单身？是啊是啊，绝对单身……"

罗薇薇说："呵呵马游，你又没个正经了。"

韩朵放下杯子，边倒咖啡边说："有些人啊，就得碰碰钉子，那会儿还耷拉着脑袋，跟霜打的茄子一样，薇薇你不知道，那会在艺术学院看画展的时候，有些人洋相出尽了……"

"韩朵你煮这咖啡叫什么名堂啊？看着不错啊。"我赶忙高声问问题，以岔开话题，扰乱韩朵的讲话。

韩朵白了我一眼，继续跟罗薇薇说："那会在艺术学院看画展……"

我又高声问道："巴西产的还是科特迪瓦产的？"

韩朵又白了我一眼，又继续和罗微微说："看画展的时候……"

"哇塞，好像是东南亚的咖啡粉啊。"

韩朵终于讲不下去了，气鼓鼓地瞪着我。

倒是罗薇薇忍不住笑了，说："呵呵，韩朵我知道你要跟我说什么，不过马游作为外行初次接触美术，难免有很多东西不了解，你是内行不助人为乐也就算了还要取笑马游，不厚道噢。"

韩朵惊讶："薇薇你胳膊肘向外拐啊，是不是中他的花言巧语迷魂汤了啊。"

罗薇薇边笑边摆手："算了算了，我不参与你们的争端了，我去准备晚饭，晚上留下吃饭啊。"说完蹬蹬下楼了。

我眯着眼微笑，看着韩朵生气的样子，像十六七的小姑娘一样纯真和可爱，于是我知道她是假装的。

韩朵说："我煮的咖啡很苦，你就别喝了。"

我低下头，嗅了嗅咖啡杯飘散出来的香味。我说："意大利奶沫咖啡，涮煮水温在92到96度之间，没有破坏到咖啡里的油质，况且你加了三分之一的牛奶，所以不会苦的。"

"噢？这你也懂？"

我说："尺有所短，寸有所长，我总不可能什么都不懂吧。"

韩朵说："还以为你只喜欢酒呢。你不是说你对咖啡不感兴趣么？"

我说："感不感兴趣是一码事，了不了解又是另一码事，有时候正是因为过于了解才失去兴趣，比如爱情。"

韩朵说："你是说你吧。"

我端起咖啡杯大喝了一口，咕咚咽下去之后问韩朵："我能不能品尝一下你的咖啡？"

韩朵说："切，你这个人真虚伪，喝都喝了还问。"

我说："刚才是喝，我是问能不能品尝，又是两码事。"

韩朵说："我也没有同意你喝啊。"

我看着她笑，没有继续接话。这样一个思维敏捷的女人，是我喜欢的类型，越了解越感兴趣。

窗外，天幕已经完全笼罩了下来，天空很晴朗，点点繁星仿佛在交替闪烁。

我说："很奇怪啊，在这个二楼的窗口居然能看得到这么大一片天，你看星星多漂亮。"

韩朵抬头望去，目光久久停留在那片天格，目光愈来愈迷离。我明白，这个时候是女人防备最松懈的时候，我是不是要果断行动，攻其不备呢？

　　我突然想到一个问题：韩朵有没有男朋友呢？好像没有人告诉我有或者没有，和韩朵更是无从谈及这事。

　　我轻声问道："韩朵，下周五晚上有空吗？我邀请你，我们去大雁塔北广场看音乐喷泉，星光，烟花，古建筑，水幕电影，还有随音乐节奏跳舞的喷泉，多美啊。"

　　韩朵收回目光，看着我："下周五？七夕节？我没空。"

　　我顿时备受打击，失望和郁闷的情绪一齐涌上心头。我赶忙低头呷一口咖啡，以掩饰自己的失态。

　　韩朵的声音从耳边响起："我好像还没同意你品尝吧。"

【16】

这天下午下班的时候下起了雨，雨下的还不算小，中雨的样子。

我坐在出租车里，透过落雨的车窗看见前面穿紫色衣裙的女人在雨里奋力打车，有几辆出租车从女人身边驶过后又迅速汇入了匆忙的车流中，这个女人没有雨伞。

我吩咐司机停在她面前，我按下玻璃对她说："孙姐，上车吧。"

女人低下头看清是我，一脸惊喜："是马游啊。"

坐在车里，孙梅边擦拭着头发上的水滴边说："我还以为会被淋成落汤鸡呢，多亏你了。"

我说："我一直暗中跟踪你，伺机保护你来着。"

孙梅咯咯笑了："暗中保护我还让我淋雨啊。"

我说："这你就不懂了，让你稍微淋点雨我再出现才能显示出我出现的价值嘛，对了，你怎么没开车？"

孙梅支吾了，说："我看天下雨呢，没敢开。"

一句话把我逗乐了，我说："哈哈，那就淋着雨满大街打的，值，真值。"

孙梅急了："呀，你讨厌，不是怕下雨路滑嘛。"

我说："哦，你还是新手，忘了忘了。"

孙梅说："就是嘛，晴天我都开不利索呢。对了，下雨天是不是车还容易熄火？"

我一愣："哦？我怎么不知道呢。"

孙梅见我不信，忙说："肯定呀，空气湿度大嘛，弄不好雨就把火浇灭了嘛。"

原来是这样，我一脸惊愕，忙点头说："看来我以后得挑晴天再开车出门了。"

出租车在南二环的高架桥上急速行驶，在如梭的车流中闪躲腾挪，雨刮器把落在挡风玻璃上的雨点击得粉碎。

孙梅满脸惊奇，我凑过脑袋问司机："师傅你好强啊，这么大的雨你也能不熄火？"

师傅说："这个简单，你看，狠踩油门就可以了，只要让火势大过雨势就可以了，雨就把火浇不灭了。所以，雨越大油门越要踩得狠。你看你看，像我这样……"

孙梅若有所思，想了想说："不对啊，你这样车速不是越来越快，要是下暴雨车不是要飞出去了？"

我和师傅同时说："踩离合嘛。"

孙梅说："踩离合？"

师傅说："是呀，车速可以用离合来控制嘛，你看你看，像我这样……"

孙梅有点不信，师傅又说："你看街上这么多车，为什么有的开得快有的开的慢，都是用离合控制的。"

我说："也是也是，而且他们真的都没有熄火呀，好神奇噢。"

孙梅还是将信将疑，问："那要挂几挡呢？"

师傅说："肯定挂5挡嘛。"

出租车在孙梅所住的小区门口停下，孙梅道声谢准备下车。我说："孙姐，送你进院子吧，雨这么大。"

孙梅说："算了，出租车不让进小区的，再说也就这几步路了，你赶紧走吧。"说完拉开车门，把坤包顶在脑袋上朝雨雾中跑去。

司机启动了车子调转车头，我摸出两根烟，分给司机一支，说："师傅，你太有才了。"

司机说："这女人傻得挺可爱，你对象啊？"

我说："恩，还没领结婚证呢。"

司机又说："不对啊，那你怎么喊人姐呢？"

身后不远处传来一声闷闷的撞击声："嘭——"

一个女人"啊"一声惨叫，紧接着是摩托车巨大的引擎发动声，之后是女人的喊声："抓流氓啊！"

是孙梅！

我赶忙喊司机停车，跳出车看见不远处孙梅趴在地上，顺着她手指的方向有辆摩托车飞驰而去，摩托车上的两个人蒙着黑色雨衣，后面的那个人手里抓着孙梅的包。

等我跑过去那辆摩托车已经消失得无影无踪了，我赶忙去扶孙梅，孙梅咬着牙说："别动，疼——"

我说："你忍着点，哪里疼，我扶你去医院。"

孙梅满脸满身的雨水和泥巴，说："脚……脚疼……"

这时候小区的保安才陆陆续续跑出来，我冲他们吼道："你们属乌龟的啊，等你们一个个爬出来人早跑没影了，还保个屁安！"

其中一个保安耷拉着脑袋说："我们取了趟警棍……"

"你们怎么不取趟大炮呢？"我指着摩托车逃跑的方向，喊道，"现在还没跑出射程呢，你们给我轰啊，轰啊？"

孙梅抓住我的胳膊说："别……别吵了，快……快扶我……到车上……"

我说："看什么看哪，还不过来搭把手。"

孙梅表情很痛苦，说："好疼……这回……肯定是……骨折了……"

在医院拍完片子，又做了全身检查，医生说没什么大碍，只是全身有几处表皮擦伤，最严重的伤就是左脚踝，也只是软组织挫伤。打了一针，开了点内服外敷的药，就让回家了。

医生对我说："赶紧回去给你爱人换身干衣服，一来小心感冒，二来小心伤口感染。"

我说："好好好。"

医生走后我问孙梅："你的钥匙是不是也在包里？"

孙梅说："是啊，我又回不去了。"

我说："看来你又得去我家了。"

背孙梅上六楼，安顿她洗澡，给她找换洗衣服，好熟悉的程序啊。

一套程序走完之后，我对孙梅说："孙姐，你好像比上次瘦了。"

孙梅说："是啊，我记得上次你也是这么背我上六楼的，天啊，上次是什么时候？离现在有多久？天啊，才四个多月，我怎么这么倒霉啊马游，我这是怎么了？"

我嘿嘿笑着，说："孙姐，你上次扭伤了右脚，这次是左脚，医生说了，说这样比较好，你身体就平衡了，不然将来就要像范伟一样，晃晃悠悠就瘸了，呵呵。对了，你们小区这么恐怖啊，大白天还有飞车党抢包啊？我看你们小区也不是太偏僻嘛。"

孙梅哭丧着脸说："我不知道啊，从来没听说过谁在小区门口被抢了，而且那一带治安一直都挺好的啊。"说完居然呜呜地哭了起来。

我说："好了好了，都过去了都过去了，你吃什么呢，我去弄点晚饭？"

孙梅不理会我，继续哭着："马游我是不是撞上邪神了，这段时间怎么什么破事都让我摊上了，老公丢了客户也跑了，扭了右脚又扭左脚，我看哪天就该扭断脖子了……"

我说："呸呸呸，乱说乱说，改天去城隍庙烧烧香就好了。再说这个人啊，谁都会有一段时间走背运，背的喝口凉水都塞牙，我是深有体会啊。我给你说说我吧，我刚上大学那年的第一学期，丢了三个CD机；抽烟烧了下铺两张床单；跟饭堂的大师傅打了一架；踢球摔断了胳膊；期末考试连挂了四门课，你知道一共考了几门吗？一共考了三门我就挂了四门，你猜为什么吧，一个哥们抄了我的答案也给挂了；在寝室阳台上晾的裤衩被风吹到了树梢顶，好家伙，那可是9米高的雪松哪，风吹雨打雷劈那个裤衩岿然不动，挂了一年多啊，那几年全校都知道我爱穿印着蜡笔小新头像的裤衩；第一次上学校新盖好的办公楼就误进了女厕所，当时就觉得脑子好像秀逗了，一个年轻女助教一口咬定我是蓄意耍流氓，学生处找我谈话，半夜一点才放我走；从学生处出来我一个人站在大操场中间，大喊我要转运，用尽全身力气朝空中狠狠吐了口恶痰，突然刮了一阵乱风，结果那口痰被刮进我后衣领里，想擦都够不着。"

孙梅停止了哭声，双手捂着脸，说："马游你讨厌，肯定是你编的，我不信有这么点儿背的人，我知道你爱吹牛的，我不信我不信。"

我说："嘿嘿，你不信我就没办法喽。你知道为什么我现在逢赌必赢，运气这么好吗？就是因为那时候把霉运耗光了，现在想倒霉都没办法了。"

孙梅说:"唉,我的坏运气什么时候能耗光啊。"

我说:"对了,我教你一个转运的办法,很灵的。"

孙梅把手从脸上拿下来,将信将疑地看着我,问:"什么办法?"

我说:"剪头发。"

"剪头发?"

我说:"对,就是剪头发,要是觉得哪阵子不顺了我就去剪个头发,换个发型也换个心情,换个心情也就转运了,每次都有效果的,不骗你。"

孙梅用眼睛斜视着我说:"又是你想逗我开心的伎俩。"

我说:"哎呀呀,真的真的,你明天去试试就知道灵不灵了,据说要找个处男理发师就更灵验了,可惜这年头连处男都成了缺物,处男理发师就更没谱了,反正是我没找着过,不然就介绍给你了。好了,我去弄点东西吃,等我一会儿。"

不大一会儿我从厨房出来,把两份泡面放在茶几上,说:"今天就将就将就,我这什么都没有了,快来吃。"

我抬头看孙梅正斜躺在沙发上,两眼直勾勾地看着天花板,丝毫没听见我说话。

"孙姐?"

没有动静。

"孙梅？"

还是没有动静。

正当我要站起身的时候却听见孙梅叫了一声："马游。"

我松了一口气，说："嗨，怎么跟掉了魂一样。"

孙梅不理我，目光依旧盯在天花板上，说："马游，有件事我想了很久一直没想明白，所以我想问问你，我知道我傻，你也知道我傻，但是你一定不要骗我，因为我明白你肯定知道是怎么回事。"

设想了好多次的情节就在这样一种毫无防备的情况下发生了，我有点措手不及且无从应付的感觉，有无数次这样的机会让我把实情告诉孙梅，告诉孙梅你丈夫误解了你你更误解了你丈夫，你们的分离就像一场让人啼笑皆非的滑稽剧一样没有丝毫实际意义，你们两人自私自恋又自以为是，牵连了别人也葬送了自己的婚姻；告诉孙梅你应该主动摒弃前嫌把你老公找回来，对他说亲爱的那都是场误会我们重新开始吧。

无数次这样的机会都被我一次又一次的浪费了，耽搁了洗刷自己也耽搁了拯救别人，直到今天孙梅幡然醒悟主动问起，直到我疲于应付无从解释，是啊，如果最初就把事情的真相告诉孙梅该多好啊，至少可以名正言顺的宣布：你们不管是你误解他还是他误解你，都与我马游没有任何关系，我只不过无意却又不幸地充当了你们互相误解的配角而已，有我故事能生动一些罢了，丝毫不影响情节的发展，我充其量也就是个跑龙套的。

　　可是，我为什么没有像想象中那样快刀斩乱麻呢？我甚至找不到具体的理由解释给自己，大脑像一片空白的纸一样找不到一点线索。我是从什么时候开始变得如此懦弱了？

　　也罢，事已至此总要面对，逃避才是最不可理喻的懦弱，下来该怎么着就怎么着吧。

　　一片干枯的葱花在泡面汤里滋滋地吐着小气泡。我开口了："孙姐，我知道你要问什么。"

　　"是吧？"孙梅说着从沙发上直起身来，眼睛盯着我说，"那好，那你说说今天那个出租车司机是不是在胡说八道啊。"

　　我一愣，觉得脑子有点懵，思维好像哪里短路了一样，使劲转，转不过弯来。

　　我就像一个蹩脚的守门员，面对点球预先判断，满怀信心，使尽全身力气扑向左上角，结果只见来球叮叮当当蹦蹦跳跳晃晃悠悠地从中间滚进球门，我想我在最高点自由落体的过程一定很搞笑，就是不知道落下来会不会闪了腰。

　　"马游，你怎么了？"

　　"呵呵，没什么。"我干笑两声回过神来。

　　"那你发什么呆啊，快点告诉我今天那个司机是不是在胡说八道。"

　　我想了想，说道："孙姐，有时候你看到的不一定会是真相，你听到的不一定会是事实，甚至就连你亲身经历过的也有可能是一个大大的错觉，可是有很多的巧合就这么邪乎，指南针也有指向北的时候，把人带入迷途。"

孙梅哈哈一笑，说："马游你今天怎么这么深沉啊，我都有点接受不了。"

我没有理会她的调侃，继续说道："今天那个司机固然在胡说八道，可他无非也就是要耍嘴皮子找个乐，没有什么恶意，因为他知道回头我会给你纠正过来。"

孙梅说："那你还这么讨厌，还跟他合伙骗我啊，心理怎么这么阴暗呢，还组团忽悠呢，有那么无聊没。"

我笑了笑，说："这事我能帮你纠正过来，可是有件事情不知道还能不能帮你纠正过来，因为你入局太深了。"

"啊？"孙梅瞪大了眼睛，"难道你还有别的事情骗我？"

我说："这件事情跟我没关系，纯粹是你自摆乌龙而已。"

孙梅说："那你说说看，我看看是不是和你没关系。"

我说："还记得那天大闹办公室的那个妓女不？"

孙梅的脸一下子沉了下来。

"别别别，别这样孙姐，我说完你就明白了。那个妓女其实不是妓女，是一家房地产公司的售楼小姐，叫张子露，是韩朵的朋友。韩朵是谁你知道吗？韩朵是远扬广告公司的，就是我们公司的那个广告合作商，其实那天张子露来闹办公室完全是来帮韩朵出气的，因为当时韩朵是和我有过节的，韩朵为什么和我有过节呢，其实之前我和韩朵是不认识的，只是有一次韩朵把短信错发给了我，我就借机捉弄了韩朵，韩朵知道后又报复了我，我又……"

孙梅打断我说："马游，我听着有点乱，脑袋有点懵，思维好像短路了一样，转不过弯来，你能不能说慢一点啊。"

我擦了擦汗，说："我我我有点紧张，我我我喝口水慢慢说。"

接下来，我把我怎么和韩朵认识并结下梁子，我怎么短信戏弄她，她在酒店里怎么捉弄我，我又怎么去她们公司报复她，张子露又怎么牺牲自我形象替她出头等等等等，都一五一十地讲给了孙梅。

我说："孙姐，这事仅仅是我、马脸、韩朵和张子露之间的事情，和其他任何人没有任何关系，你和姐夫其实用不着这么卖力的友情赞助，而且还入戏入得这么深。我也没想到我们之间瞎闹腾会殃及无辜，而且杀伤力还这么强，我说的都是真话，都是事情的原委，你要不信我这就打电话把韩朵和张子露叫过来，你当面问她们。其实我今天告诉你这些啊，就是希望你和姐夫能和好，能和和美美的过日子，别再让我背这么大压力，你知道不，我为你们这点事都快神经衰弱了，闹上失眠了。"

半天孙梅才说话："马游，你说的这些都是真的吗？"

我说："千真万确啊孙姐，要不我这就打电话给韩朵和张子露，让她们给你说。"

孙梅似乎很颓废，说："可是你告诉我这些有什么用呢，我婚也离了家也没了，是真的又能如何呢？"

我有点着急："是真的你就可以和姐夫和好如初啊，就可以去复婚然后重新过有家的日子啊，你知道不知道，去民政局把绿本本换成红本本花九块钱十分钟就搞定了……"

孙梅一笑："马游你别傻了，有你说的这么简单就好了。"

我更着急了："哎呀，这件事情就是这样的嘛，你非要把简单的事情搞复杂了，你是不是还要让姐夫给你赔个礼道个歉，你才肯风风光光的跟他回去？要是这样我现在就去找他，你告诉我他现在在哪就行。"

孙梅说："他现在在青海呢，你也要去么？"

我一愣，说："那你把他电话给我，我叫他明天就回来。"

孙梅说："在我手机里存着呢。"

我问："你手机呢？"

孙梅说："在我包里，包被那两个飞车党抢走了，你抓到他们就找到手机了。"

我唉了一声，说："你没诚意，我就不相信你记不住自己老公的号码。"

孙梅说："马游你别傻了，我也是三十出头的成年人了，为你说的这点事就这么草率的把婚离了？还小孩过家家呢，呵呵。"

我一愣，难道另有隐情？

孙梅说："唉，算了不说这个了，说了你也不懂。"

我说："我懂了还让你说什么呢。"

孙梅说："可是我已经说了你还是不懂啊。"

我怔怔地望着孙梅。

孙梅说："马游你别这么看着我，有些事情我是跟你说不清的，以后你结了婚这些事情你自己就有体会的，到时候自然就明白了。我自己的事情我心里最清楚，从一开始我就知道跟你没一丁点的关系，任何人的婚姻都是他自己的，与人无干，所以你一点都不用自责。"

孙梅看着我呵呵地笑了，问："怎么，还是不信，那我再给你说件事吧。裕兴电器的李经理你熟吧？"

"李螃蟹？"

"对，就是腿脚不大好，他原来是我的客户，知道为什么划给你了吗？"

"不是当时我刚进公司，你为了照顾我，才分给我一些你自己的客户吗？"

孙梅说："难得你还记得，其实不是这样的。有一次我和李螃蟹在茶楼喝茶聊天，我看见宋波一个人在不远处一个位置坐着，鬼鬼祟祟地朝这边看，他看见了我，两人都没有说话，他见我发现了他就离开了。我也没了心情，要走，李螃蟹说开车送我，当我和李螃蟹走到车跟前的时候我整个人都要崩溃掉了。"

我急忙问为什么。

"我看见宋波正蹲在地上扎李螃蟹的车胎，他连李螃蟹的车都认得，可见跟踪不是一时半会儿了。我拿包打他的头，他撒腿就跑，要不是李螃蟹腿脚不好，那天非追过去打起来不可。我在后面喊：跑什么，缩头乌龟，有本事你和李经理决斗啊！"

我说："是啊，真刀真枪干上一架也痛快啊。"

孙梅说："宋波就是个纯粹的小人，他要是有那个气概就不会玩跟踪，也不会扎人家车胎了，就喜欢玩阴的。真正要动手打架都能吓得尿裤子。"

我一想好像是。

孙梅继续说："我当时死的心都有了，我怎么跟李螃蟹解释啊。马游，你说让你这样生活八年你受得了吗？我结婚八年了，这八年我就是这样过来的，每次出差回来就查我的通话记录和短信，背着我向邻居打听看最近有没有什么人来过家里，弄得居委会大妈见了老问我说：闺女，是你有问题还是你丈夫有问题啊。你说我一个正正派派的女人，走哪都有人在背后指指点点，这种生活还过得下去吗？我的客户、同事、朋友，就连我从小玩到大的闺蜜，全都被他赶跑了，现在他们见了我就跟见了仇人一样，我快被折磨疯了，再不离婚我非死在宋波手里不可。"

我说："照你这么说，姐夫这是病，得找心理医生看看。"

孙梅说："没用的，去年都跑到北京的医院看过了，还不是老样子，我彻底放弃了，要不然就该我看心理医生了。"

我说："孙姐你要有耐心……"

"八年的耐心还不够吗？"

我不知道该说什么了。

"行了马游，你别替他说话了，我知道你是好心，我也明白你想说什么，宋波是太在乎我了才这么做的对吧，我也很在乎宋波啊。可是有什么办法呢？婚姻就是这么奇怪，两个互相在乎的人不一定能守到天长地久。"

我听得有些头昏目眩。

"哈，很深奥是吧，那我们就不说这些了吧，说说你吧，对了，最近找到合适的女孩子了吗？"

"啊？你说我啊。"

"哈哈，马游你真有意思，我不说你能说我啊。"

"哦，找是找到了，可是人家好像不甩我。"

"嗯，这样啊，开始的时候女孩子总要矜持一下嘛，你要有耐心噢。"

"算了吧，人家好像有男朋友了。"

"有就有，没有就没有，什么叫'好像'啊。"

"嗨，我约她七夕节出来玩，人家直接告诉我她有约会了，你说这意味着什么？"

"切，这能说明什么啊，说不定人家女孩子在考验你，说不定人家几个闺蜜在一块玩呢，也说不定人家只是有些累想在家休息，又不好意思拒绝你，才这么说的。"

我心想：咦？好像很有道理。

"再说了，即使人家有男朋友了，又能说明什么？你还是有机会的嘛，你参与参与，也给人家女孩子一个选择更加优秀男士的机会嘛。谈恋爱跟投标一样，公平竞争，自由选择，重在参与嘛。投了这么多年的标你白投了，还没开始就打退堂鼓了，这可不是你的一贯作风啊马游。"

我心想：哦？好像更有道理了，对方没订婚没结婚没生娃，三无产品，我怕什么呢，再说了，人家又没亲口告诉我她有男朋友了，我怎么就泄气了呢？看来我还得参与参与。那她到底有没有男朋友呢？我得探探虚实。

宋波提供了一个好办法，我决定跟踪韩朵。

孙梅说："怎么不说话啊，那女孩是谁，我认不认识？"

我说："骗你的，哪有啊，哈哈。"

筷子飞了过来："你去死！"

【17】

周五下午，七夕节。

文艺大厦门口的报亭前，我递给老板一个硬币，要了一份当天的报纸，点着一根烟，就地翻开报纸。

当我看到报纸的第七版的时候，有个短头发女人随着文艺大厦下班的人流缓缓走出，在我视线的余光边缘匆匆掠过，绕过街边的灯箱和广告牌，在路边拦了辆出租车，出租车随即启动。

我把报纸丢还给了老板，迅速绕过街边的灯箱和广告牌，在路边拦了辆出租车，吩咐司机："跟上前面那辆出租车。"

那司机异常兴奋，一脚油门下去马达声巨响。我赶忙制止："玩跟踪还这么高调干什么，注意隐蔽。"

司机问我："是前面那辆刚上人的不？"

我说："是，保持距离。"

司机一笑，问："你媳妇啊。"

我说："不是，别人媳妇。"

司机："别人媳妇你也跟，你刑警队的？"

我说："嗯，重案组的。"

司机："哦，警官，那车上了二环，要不要跟上？"

我说："跟上，别被发现了。"

司机："警官，对方会不会有枪？"

我说："目前还不好说，不过基本可以排除对方携带手榴弹和加农炮的可能。"

司机："警官……"

我说："保持安静！"

车子疾驰在南二环的立交桥上，左右穿插，闪躲腾挪。司机显得比较专业，不时还超过目标车辆，但总会在快到岔道口的时候把目标车辆让到前面去，一看就知道警匪片看多了。

司机又说话了："警官，对方下了二环，要不要跟上？"

我说："此类问题不要再问，直接跟上。"

司机："警官……"

我说："不要再问！"

司机说："警官，我只想问问，像这种征用出租车追击犯罪分子的情况，用不用付车钱？"

我说："哦，这样啊，车钱还是要付的，不过要多撕点发票。"

司机忙说："我懂我懂。"

韩朵坐的出租车最终停在了一家名叫"村野渔湾"的饭馆门口，我透过挡风玻璃，远远看见韩朵付了钱从出租车上下来，拎着挎包走进了饭馆的大厅。

我有点失望了，里面肯定有个男人在等着韩朵，那是她的男朋友，他们约好了在这里共进情人节的晚餐，然后离开这里，或许再去看一场情人节的浪漫电影，然后，然后再做一些可以想象到的任何事情，只要他们愿意。

那么我呢？此时此刻我是不是该知趣的消失地无影无踪呢？

这时候旁边的鲜花店打开了音响招揽顾客，一个男歌手沙哑的声音从扩音器里传过来：

我躲在车里

手握着香槟

想要给你

生日的惊喜

你越走越近

有两个声音

我措手不及

只得愣在那里

我应该在车底

不应该在车里

看到你们有多甜蜜

这样一来我也

比较容易死心

给我离开的勇气

他一定很爱你

也把我比下去

分手也只用了

一分钟而已

他一定很爱你

比我会讨好你

不会像我这样孩子气

为难着你

……

在这首歌唱到尾声的时候，我突然想起孙梅的一句话："说不定人家几个单身的闺蜜在一起聚餐呢。"

这么说，我应该大模大样走进去探个虚实，即使撞上韩朵我也可以说句："这么巧，你也约了朋友在这里啊？"

还是算了吧，难道说，非得眼睁睁地看着人家两个人卿卿我我的样子才肯死心吗？

正当我犹豫不决的时候，我的目光停在了一辆车上。

这辆车静静地停在"村野渔湾"门口的停车位上，黑颜色，奥迪A6，加长版，3.0排量的顶配，好熟悉。

那是赵一凯的车。

我陡然间觉得胸闷气短心慌流汗，比刚才痛苦十万倍的感觉顺着每根神经被无限放大，在身体里扩散、膨胀，撑得整个人好像都要炸开了。

这样的故事在现实的世界里轻车熟路地发生着一遍又一遍，实在俗套的让人要吐，事业有成的男老板和自己年轻貌美的女下属之间的故事可能至少有一百种版本，但是只会有一种故事情节，这种情节简单的连幼儿园的小朋友也能背得滚瓜烂熟。

快走吧马游，离开这里，人家你情我愿的事情与你又有什么关系呢，难道你想留在这里给这个蹩脚的故事加一个更加蹩脚配角吗？别傻了，快走吧，趁现在没人看见你。

沉默了半天的司机说话了："警官，你们是不是已经暗中包围了这家饭馆啊？对了，那个女的犯了什么事？"

我掏出钱扔给司机，冷冷说道："不该问的别问。"然后开门下车，甩上车门。

我突然想到什么，转身趴在车窗加了一句："不该说的别说。"说完转身就走。

那司机在后面喊："警官，票，发票！"

天空中飘起了小雨，打在脸上凉凉的。夜幕慢慢笼罩了下来，街边的霓虹灯一盏接着一盏亮了起来。透过餐馆的落地窗，看得见里面灯火通明，觥筹交错，杯盘狼藉……

隐隐约约听得见远处传来的劲爆的音乐声、人群的欢呼声，和烟花的啸叫声。一对对情侣挽着手从我身边走过，我看见天边有一朵烟花在夜色中绚丽绽放，然后寂寞落地。

一阵冷风吹来，我打了个冷战，像从梦中突然惊醒一样：马游，你这是怎么了？！

是啊，你不是这样多愁善感容易动情的男人啊，难道说你已无可救药的爱上了某一个人？那怎么可能呢，这么多年看过的听过的经历过的分分合合的故事早已麻木了你的心，难道说今天你的心突然老树发了新芽铁树开了花不成？这怎么可能呢，这些年来你早已把自己变成了一个混迹情场却不动声色又深不见底的男人。

我被自己吓了一大跳。

早点回家，洗洗睡吧。

噢，对了，孙梅在家呢，虽然是个残疾人，也可以搭伙过个七夕节嘛。

当我买好酒和菜，匆匆忙忙赶回家的时候，却发现孙梅不在家，我找遍了家里的每个角落都没有找到她的影子，最后发现在电脑显示屏上贴着一张便条：

小马：

我联系了个开锁匠，所以回家了，谢谢你这两天的照顾。

七夕节玩开心！

孙梅即日

我顿时倍感失落，在不大的房间里我却倍感空旷，似乎有股空荡荡的孤独感迎面袭来。26岁七夕节的夜晚，我还是单身一人，连找个人搭伙过节的愿望都被现实击得粉碎。

我觉得我应该给孙梅打个电话，一来呢，刚离过婚的女人，情人节的晚上一定不好过；二来呢，我也再争取争取。

拿起电话犹豫了很久又放了下来，我注视着便条后面的那行字："七夕节玩开心噢。"我觉得孙梅是故意躲开我的，因为不想在这样的夜晚单独和我待在一起。

和我在一起的七夕节她会更难受。

我拿起手机拨了一个电话。

彩铃唱了好一阵子终于接通了，随即传来嘈杂的音乐声。

我说："喂，马脸，你干嘛呢，我失恋了。"

那边传来杀猪般的干号："喂——游子——你在哪呢？我和露露在北广场呢。"

我纳闷哪个露露啊，马脸认识的女孩子里没有叫露露的啊，转念一想这个时候给人打电话确实有点不合适，正准备挂电话，那边杀猪声又来了。

"游子——你说什么——我听不见！"

老子还没说话呢，你当然听不见了。

那边："算了——你别说了——我一个字都听不见！"

我没说话啊。

那边："我先挂了，一会回给你。我和露露——我和露露都失身了！"

我一惊，这种事用得着给我汇报吗？

那边继续说："被人挤到水池里了。喷泉喷了我一裤裆。不跟你说了我先挂了！"

哦，原来如此。

挂了电话后我更加的烦闷无比，点着一支烟又掐灭了，打开电视又关上了，总觉得体内哪根神经没有摆顺一样。这个失败的情人节啊，自讨没趣的跟踪韩朵看到更加没趣的真相，自作聪明的给孙梅带回来酒菜想搭伙过个七夕，又自以为是的在情人节的晚上打电话约马脸，到最后，连约个男人喝杯酒的愿望都破灭了。

我突然决定要狠狠报复赵一凯。

【18】

周一早上，我去了趟文艺大厦。

我坐电梯径直上了16楼，在远扬广告公司门口见到了那位表情丰富的前台小姐，见到我她立即把笑容堆成一团，我看见她画了好浓的眼影。

我问："赵一凯在吗？"

前台忙答："在呢，我去给您通报一声。"

我说："不用了，我自己通报。"

说完甩下她走了进去，绕过大厅的工作区，穿过走廊两边分隔的小房间，我看到了总经理办公室的字样。

我敲门进去，看见赵一凯正埋坐在宽大的老板台后面，敲击着电脑键盘。

赵一凯定睛看见进来的是我，连忙热情起来："小马快请坐快请坐。"

我说："别客气别客气，你这办公室收拾的不错嘛，书卷味很足啊，我看不像是大老板的办公室，倒像是大教授的书房。"

赵一凯哈哈笑着，说："咱本身就是搞这行的，要是连自己的房间都弄不好岂不叫人笑话了。对了，我们认识这么些时候了，你还是第一次来我的办公室吧。"

我看见桌上有个小镜框，随手拿起问："这位是尊夫人吧？"镜框中间有个女人蹲在沙滩上，笑得一脸灿烂，身后站着一个大概七八岁的小男孩。

赵一凯说："正是正是，把夫人和孩子的照片放在办公桌上，时刻提醒自己不能犯错误，特别是生活作风错误啊，哈哈哈哈。"

我恶心得想吐，看来赵一凯这个人既不是什么好鸟，还虚伪的一塌糊涂。

我也呵呵笑着，说："新世纪好男人啊，像赵总这么既年轻有为，又作风正派的企业家不多了啊，呵呵。"

赵一凯说："唉，现在的社会诱惑太多了，但是男人，就要经得起诱惑嘛，家庭在我心中永远是第一位的。"

我强忍着没吐出来，继续说："那上周七夕节，你没带嫂夫人出去浪漫浪漫？"

赵一凯说："我倒是想啊，人家时间上不允许，这不，现在还在北京出差没回来呢。"

我从心里又狠狠地鄙视了赵一凯一千遍，他妈的媳妇一出差你就偷腥，还把自己标榜成家庭道德楷模，既当婊子又立牌坊，我呸！

我说："哦？嫂夫人做什么工作的，这么辛苦？"

赵一凯说："在检察院呢。"

乖乖，这个可怜的女人还在检察院工作，怎么就没把和自己同床共枕的这个大流氓检查出来呢?

我说:"那一年揪出来的腐败分子不少吧,像那些贪污受贿的,包二奶养情妇的?"

赵一凯说:"是啊,这回去北京还是类似的案子,取证去了。对了,小马你可是无事不登三宝殿哪,一定有什么事吧?"

我说:"哦,是是是,我们公司总部把合同审批下来了,我给你带过来了,有几项修改了一点,不过不碍事,你看看,没什么问题就签字盖章了吧。"

赵一凯说好好,粗略扫了一遍说:"我就不看了,交给小韩处理就行了,这事她负责。"说完拿起电话通知韩朵到他办公室。

韩朵进来的时候我正打着打火机点烟,听见韩朵喊了一句:"马经理也在啊。"这个时候我正好被烟呛了一下,剧烈地咳嗽起来。

赵一凯递上一杯水说:"喝口水,喝口水就好了。"

我说:"抽了十年的烟了,今天居然被烟呛到了。"说完我用余光扫视了一眼韩朵,依旧是那么英姿柔美,精致可人。可是,谁能透过这样的外表,看得透里面藏着的是怎样的一颗心呢?

话又说回来,就算是看得透又怎样呢?有时候看穿一个人的心思是多么无奈的一件事啊。

我除了在心里狠狠地鄙视这个女人还能怎么样呢?

韩朵问:"赵总你找我?"

赵一凯说:"来来来,你看,这是小马他们公司总部审好的合同，有几个条款改了一点，你拿回去看看，没什么问题就签字盖章吧，我想不会有什么问题的，你再看看。"

韩朵接过来看了看，说："这个合同我们这边律师都审过了，现在又有了变化，那就得等律师再审一次了。"

我说："没什么大碍的，改动的都是些遣词造句上的问题。"

韩朵又说："以往此类合同都是甲方先签字盖章的，这次既然你们公司总部都审过了，怎么还是空白合同返给了我们……"

赵一凯忙说："小韩，不要抠这么无关紧要的细节嘛，这样吧，你先拿回去看看再说。"

韩朵说"也好"，起身告辞离开了赵一凯的办公室。

我对赵一凯说："就这点事情，我也就不打扰了，合同的事你们抓紧。"

刚走出文艺大厦接到了马脸的电话："喂，游子，你在哪呢。"

我说："老子从远扬广告公司刚出来，准备回公司呢。"

马脸那边嘿嘿一笑，问："这一大早的你就往韩朵那跑，公事还是私事啊？"

我说："我跟他们有个狗屁私事，快说，找我什么事。"

马脸说："嘿嘿，你还问起我来了，大前天晚上你给我打电话有何贵干呢。"

我说："他奶奶的，我大前天晚上给你打电话你三天后才回给我，难得你还记得住啊。"

马脸说："这两天不是忙嘛。"

我说："哦，对了，你又把人家哪家姑娘给坑了，叫什么来着，露露？承德产的？"

马脸说："哎呦喂，什么承德产的，露露就是张子露啊，你还记得不？"

世事变化好无常啊，几个月前我和马脸天天琢磨着怎么收拾这个女人，可现在马脸居然和人家成双入对，把我扔到一边凉快去了。我说："太记得了，你给咱把仇报了没？"

马脸说："嗨，还报什么仇啊，你看我是那种小肚鸡肠的男人吗？"

我咬牙说道："你个死汉奸，重色轻友！"

马脸说："别光说我啊，你不也跟韩朵眉来眼去的。"

我说："你不提还好，一提我牙根就痒痒。"

马脸忙问："怎么了？"

我说："你不知道吧，韩朵居然是那个赵一凯的二奶，害我白费了半天劲。"

马脸惊呼："不是吧，谁告诉你的？！"

我说："我……被我撞见了啊。"

马脸压低声音说："你有没有弄错，这话可不敢乱说。"

我说："七夕晚上，我去三环边上一家饭馆吃饭，在饭馆门口看见韩朵在前面下了车，我正准备上去打招呼，你猜怎么着，我看见赵一凯的车也停在饭馆前面，肯定是赵一凯和韩朵在这家饭馆幽会呢。"

马脸说："嗨，人家老板请自己员工吃个饭有什么大惊小怪的。"

我说："你缺心眼啊，情人节晚上你媳妇她领导单独请你媳妇在一家偏僻的饭馆吃饭，你觉得有没有问题呢？"

马脸说："你怎么知道是单独？"

我说："这不明摆着嘛，假设真就有第三个人，她和韩朵有必要分开打车吗？这不是脑子有病。"

马脸说："哦，那倒是。"

我说："唉，世风日下，人心不古啊。"

马脸说："游子，是这样，你别着急，我找露露帮你打听打听。"

我说："我着什么急啊。"

马脸说："你就别嘴硬了，那就先这样，我先帮你打听打听，有什么消息我给你回电话。"

挂了电话我突然意识到什么，后悔的要死——我怎么把这事给马脸说了啊，这小子现在和张子露凑得这么近，而张子露又和韩朵是一伙的，万一让韩朵知道了我这脸往哪搁啊。再说了，就算韩朵不知道，其他人知道了我脸上也挂不住啊，我为了追韩朵在情人节晚上跟踪韩朵，碰上了人家和情郎幽会，传出去多臊啊，我这不是搬起石头砸自己的脚嘛。

马脸是我铁哥们，肯定会顾及到我的面子的，没事的没事的。

马脸现在和张子露在一起，恋爱中的男人最危险了，什么哥们义气啊，朋友交情啊，神马都是浮云。

不会的不会的，谁都知道我和马脸志趣相投，马脸出卖了我就等于暴露了自己。

马脸那嘴就跟老太太的棉裤腰似的，怎么就不会呢？

我得给马脸打个电话。

拨过去，占线。过了一会再拨，还是占线。

正要拨第三遍的时候，马脸电话来了。

我忙接通了电话，电话那边很喷火："游子，老子一炮射死你个傻逼，哈哈哈哈哈哈。"

坏了，马脸受刺激了。

马脸说："老子给你打听清楚了，你给老子好好听着，那个赵一凯，是韩朵他哥！对，他亲哥！同父同母！DNA相似度百分之九十九以上！哈哈哈哈哈哈。"

我脑子有点转不过来。

马脸说："怎么，脑子转不过来了吧，老子帮你转转，我告诉你是这么回事，韩朵和赵一凯的父母都是艺术学院的教授，他爸姓赵他妈姓韩，生了男孩跟老爸姓了，生了女孩跟老娘姓了，简单吧？哈哈哈哈哈哈。"

马脸的消息是否可靠，不会是编瞎话安慰我呢吧？

马脸说："别感谢我哦，这些信息都是从露露那里独家发布给你的，要感谢就感谢露露吧，哈哈哈哈哈哈。"

我想这兄妹俩也真够变态的，七夕节瞎起什么哄啊。

马脸说："这下你就好理解了吧，妹妹没对象，哥哥呢，怕七夕节妹妹不好过，就带着妹妹出来吃个饭，安慰安慰妹妹，再正常不过了吧？哈哈哈哈哈哈。"

早说嘛，我闲着也是闲着，可以一块安慰安慰妹妹。

马脸说："咦，我说游子，我说了半天你怎么一点反应也没有啊，我这忙活了半天给你把事儿弄清楚了你不说表示表示起码吭个声啊，游子，游子，你该不会是挂了吧？我告诉你，你别吓唬我，你吱一声我听听？"

我从耳边拿下电话，挂了。

风清了，云散了，天空好蓝好蓝。熙熙攘攘的人流中，我仿佛闻到了花香听到了鸟叫。

大舅哥，误会了。

我拿出手机拨了一个电话："你听着，今天的事情，天知地知你知我知，如果再有第三个人知道——"

我能感觉到马脸在电话那边一哆嗦。

我带着哭腔说："咱还真丢不起那个人。"

马脸说："你刚才吓死我了，我他妈还以为你挂了呢。"

我说："人生就像打电话，不是你先挂就是我先挂，刚才给你说的事情听见没？"

马脸说："你说什么？"

我说："今天的事情，你要敢泄露出去，老子剁了你。"

马脸说："你没长脑子啊，我刚才不是说了，信息都是露露提供的啊。"

我说："让你马子嘴紧点。"

马脸说："其实有些情况她也吃不准，就咨询了丁琼。"

我火了："还有谁知道？"

马脸说："丁琼说她要问问罗薇薇。"

我说："丁琼要不要再问问韩朵本人？妈的，这么点破事被你弄得满城风雨的，还要不要老子活了。对了，你在哪打电话，怎么这么吵？"

马脸说："办公室啊。"

我听了没晕过去，强忍住问道："办公室都谁在？"

马脸说："沈总、孙姐、何玲、小许和小孙，还有宏升电器的王总和利达物流的吴总来对上个月的账，物管的刘经理来收四季度的房租，几个卖场的销售代表来参加培训……"

我彻底喷血了："马脸啊，老子恨不得对你杀之而后快！"

我走到街边，看到马路上疾驰而过的汽车和身边如梭的人群，我想，时间和空间如此流转，定会有某一个空间段，短暂停留在某个时间点上，属于某一个人。

人的幸福感，往往因此而来。

我转过头，仰视着文艺大厦的16楼，我分不清哪扇窗口是属于远扬广告公司的，就更无从知晓哪扇窗是韩朵的。可是我知道，总有一扇窗，朝着某个方向，住着心爱的姑娘，让人在楼下彷徨。

我再次掏出手机，拨出电话。

在话筒里，我一字一顿地说道："韩朵，你听着，从今天起，我正式开始追你。无论你反感也好，不反感也好，我就这么真真实实地存在着，只希望你不要逃避，不要鄙夷，不要隐忍和迁就，有话说在当面……"

电话那边却传来赵一凯的声音："小马呀，你找韩朵啊，小韩她正在座机上接一个客户的电话，你过会再打过来，不好意思啊，不好意思……"

【19】

　　夏末秋初的时候，公司的广告宣传攻势全面展开，一时间，这个城市的大街小巷到处充斥着公司热水器的广告：公交站牌、路灯灯箱、大巴车身、大楼楼顶。其中在市中心一幢商业大厦的楼顶，耸立着一幅巨幅广告宣传画：银色的热水器机身，银色的浴室，银色的水雾喷洒在模特银色的头发和银色的皮肤上，只有热水器的液晶显示屏闪着幽蓝色的光芒，标示着39.6℃的恒定的水温，这是韩朵的创意。

　　在紧接着来临的这个国庆长假里，各大电器商场纷纷搭台，歌舞表演、模特走秀、观众互动，一时间风生水起，好不热闹。再加之商场内的一些诸如以旧换新、打折让利、附赠礼品、现场抽奖的促销活动，竟然使国庆七天的销售额接近往年一个冬天的。光是马脸签下一个小区业主代表团的团购，就能把广告投资的一大半收回来，当然我知道，这是张子露极力介绍推荐加忽悠的结果。

　　面对如此骄人的销售业绩，沈总拍板决定：全公司聚餐以表示庆祝，时间定在中秋节的晚上。

　　这一年的中秋节来得特别晚，由于闰六月的原因，中秋节居然在国庆长假之后。这天晚上的聚会安排在郊外的一个农家乐，这家农家乐四周的包厢呈"回"字形，中间有一大片空地，种满了桂花和月季，现在正是这两种花木香气四溢的时节，闭上眼，轻轻一嗅，总能嗅到或浓或淡花的清香。

睁开眼，居然看到马脸拉着张子露的手坐在大厅的沙发上。

我走过去打招呼："还允许带家属啊？"

马脸说："嘿，哥们，今天露露可是贵宾啊，沈总亲自请的，尊重点尊重点。再说了，不是露露出面邀请，韩朵能来么？你这人啊，真不知道知恩图报，我严重鄙视你。"

我说："哦？韩朵要来？"

马脸说："你猪鼻子插葱装什么象呢，二楼包厢里你没看见？"

张子露插话了："游子，你可得好好谢我哦，我现在都快成你的卧底了，机会能不能把握住就看你自己的了，追韩朵的难度我是知道的。"

我一把扯开马脸说："你先一边待着，我跟你媳妇谈谈。"上前紧拉住张子露的手，一边颤抖一边说："妹子，哥知道你是个好人，你现在都快成弟妹了，也算是自己人了，哥有个不情之请还得劳烦您老人家出马给帮帮忙，不然哥这黑锅背一辈子啊，哥是跳进三峡也洗不清啊，你看今天我们公司全体人员上上下下都到齐了，也是个机会，你就把当初你怎么怎么阴我的事给解释解释，正好韩朵也在，韩朵怎么怎么策划的阴谋让她也给大伙解释解释，俗话说救人一命胜造七级浮屠，哥知道你是一心向善的，肯定会帮这个忙的，不然哥这一辈子都是个山寨版的嫖客啊。"

张子露不解："怎么还是个山寨版的？"

我哭丧着脸说："一次花二十五块钱的嫖客能好到哪里去啊。"

马脸从张子露手上把我的手掰开，说："哎哎哎，拉拉扯扯的干什么呢，小心被韩朵看见。"

张子露说："哎呀，解释什么啊，清者自清浊者自浊，像马哥你这么风度翩翩玉树临风英俊潇洒气宇轩昂，不用我解释大家都会相信你是清白的。"

我捋了捋头发说："不行啊，还是解释解释好。"

张子露说："像马哥你这么为人正直真诚义气豪爽，我再多说话反而会有损你的威望啊。"

我挺了挺腰杆说："不会啊，还是说清楚好。"

张子露说："像马哥你这么对女孩子温柔体贴关怀备至怜香惜玉爱屋及乌，肯定不会让我这么难为情的。"

我拉了拉衣领说："不是啊……"

马脸一巴掌拍在我的脑袋上，吼道："吵吵吵，吵吵吵，我说你脑子有病啊？哦，我老婆给你作证证明你不是嫖客，那他妈完了之后谁给我老婆作证证明我老婆不是妓女呢？老子告诉你，再吵吵老子就去告诉韩朵你他妈的是个同性恋，你还没完了！"

我嘟着嘴说："那也得有人信啊。"

马脸说："怎么没人信，大不了老子去当污点证人。"

我惊得瞪大了眼睛，随即胃里的东西一阵一阵地往上涌。

这就是男人，所谓兄弟如手足，女人如衣服，为兄弟两肋插刀，为衣服插兄弟两刀，今日一见果然说的没错啊。

这时候沈总带着大队人马从门口进了大厅，看见我们，说道："咦，你们这么早就到了啊，既然早到了怎么不上去陪陪赵总他们呢？人家可在包厢里等半天了啊。"

马脸忙答道："本来我们是在包厢里陪着赵总的，可是赵总说了，万一沈总到了没人迎接怎么办呢，不合适，就派我们来门口迎接沈总了。"

一句话把沈总乐的哈哈笑，说："小朱什么时候嘴变得这么甜，恋爱中的男人就是变化大啊。"又转头对我说，"对了小马，我差点忘了告诉你，本来呢，我这次只安排公司内部聚聚餐庆祝一下就行了，可不知道远扬公司赵总他们从哪得到消息的，非要做东请客不行。"

我说："还不是恋爱中的男人告诉人家的。"

沈总说："也好，吃吃饭，也让其他人跟远扬公司的人熟悉熟悉，以后有什么事情也能顶一顶，这样你身上的担子就能轻一些。这个赵总约了我好多次了，再不给面子就说不过去了。"

我说："这帮人的眼光长远着呢，知道我们下一阶段要把这次的广告攻势推广到全省，人家早来做做铺垫，一来呢是感谢客户，主要的还是盯着这块更大的蛋糕。"

沈总说："好了，今天我们只吃饭喝酒聊天，不谈工作。"

说话间已经到了包厢门口，推开门只见赵一凯、韩朵和马尾辫子男人丁小戴三个人在里面，一番客气寒暄之后分主宾就座，等酒菜上来之后沈总率先举起杯子说道："这杯酒首先敬远扬公司的朋友们，感谢他们辛勤的工作，感谢他们为我公司业务的发展做出的巨大贡献，军功章也有你们的一半。"

下面随声附和着都干了杯中的酒，第二杯酒刚到满沈总举着杯子又站起来了，说："第二杯酒敬我们公司可爱的员工们，感谢你们这段时间忘我的工作，感谢你们对我工作的支持，今天我借赵总的酒敬你们。赵总你们也别闲着呀，来，赞助一下。"

众人叫着好又干了第二杯，还没缓过劲来沈总又端起了第三杯，众人都瞪大了眼睛，都知道沈总酒量不错，可谁也没见过沈总这么喝的。只见沈总说道："第三杯我们敬赵总个人，感谢赵总今天的盛情款待。来，我先干为敬。"

三杯酒下肚有人已经撑不住了，小许一个劲喊"不行了不行了"，丁小戴也是满脸通红。

沈总招呼他们先吃点菜，完了笑眯眯地看着马脸身边的张子露说："小朱呀，这位是小张姑娘吧，怎么也不给大伙介绍介绍？"

马脸立即端着杯子站起来，说："来，我给大家介绍介绍，这位是我女朋友，叫张子露，弓长张，孔子的孔，不是，是孔子的子，露是花露水的露，在一家项目推广公司上班，主要业务是帮别人卖楼，以后谁要是买房子可是找她啊，折扣绝对低。来，*露露*，我们敬大家一杯。"

众人异口同声地起哄："哇塞，好像不是你前天带的那个哦。"说完引起一阵哄堂大笑。

沈总笑着替马脸解围："呵呵，小张姑娘今天第一次跟你们吃饭你们就欺负人家小张姑娘，小张你别听他们的，他们都是一些坏人，我给小朱作证，小朱前天什么人也没带，在单位加班加到很晚的。来来来，我给大家重新介绍介绍，这位小张姑娘，既是小朱的女朋友，也是今天我邀请的贵宾，盛世华庭小区那个单子，若是没有小张姑娘穿针引线，恐怕我们费尽九牛二虎之力，也不一定能谈下来，却被小张姑娘三言两语就搞定了，真是佩服佩服。来我们敬小张姑娘一杯。"

我忙端着杯子凑上前来，说："好厉害呀小张姑娘，下次也帮我谈个单子吧。"张子露还没说话，孙梅却一把挡开我，说："去去去，有能耐也找个能帮你谈单子的女朋友去！"惹得众人哈哈大笑。

沈总在旁边端着酒杯看看我又看看张子露，半晌才说："小张姑娘，我怎么看你这么眼熟呢？"

张子露一愣，随即说道："哈哈，是吗沈总，很多人第一次见我都这么说，可能是我长了一张大众脸吧，没什么明显的特征，容易让人记混了，哈哈。"

天哪，大众脸？敢问世上还有谁敢把脸长得跟圆规画出来的一样呢？

　　沈总说："啊啊，你真谦虚，这么漂亮的姑娘怎么会没有明显特征呢，漂亮就是你的特征啊。对了，你们俩是怎么认识的？"

　　马脸看了张子露一眼，赶紧埋头吃菜。张子露用胳膊一捅马脸，说："嗨，沈总问你呢，我们是怎么认识的？"

　　"啊？哦……这个嘛，哈哈，是这样的，我们……我们是马游介绍的！"

　　我说："拉倒吧，我连自己的温饱问题都没解决呢，哪有余粮借给你，你就老实说了吧，你们是怎么认识的。"

　　马脸用眼睛的余光狠狠地瞪着我，那意思我再明白不过了："关键时候你不帮老子，还要落井下石，看老子回头怎么收拾你。"

　　我笑眯眯看着马脸，那意思也是再明白不过了："老子爱莫能助，有本事自己搞定。"

　　这时候韩朵说话了："其实他们俩是我介绍的。"

　　众人的目光纷纷转向韩朵，马脸就想抓住救命稻草似的，说："是啊是啊，我记错了，是韩朵介绍的。"

　　韩朵不紧不慢说道："张子露是我多年的朋友了，这次又通过和贵公司的合作我认识了朱述，觉得他是一个很好的男孩子，他们两人正好都单身，我就帮他们牵了回线，没想到他们就真的来电了。"

　　马脸附和道："是啊是啊，我们来电了。"

　　韩朵说："你们刚说要敬大家一杯，怎么半天了光说不练啊？"

张子露拉起马脸说："对对对，敬大家一杯，谢谢谢谢谢谢。"

一时间气氛热闹了起来，你敬我一杯我回你一杯，我找你划拳你拉我掷骰子，喝彩声起哄声此起彼伏，场面好不热闹，不大一会儿几瓶酒就见了底。这时候张子露偷偷溜到我旁边，要跟我喝酒。

张子露说："马哥哥，小妹敬你一杯。"

我说："哎呀呀，受不起受不起。"

张子露说："行啦，你就别生气啦，那时候你不认识我我不认识你，互相搞个怪整个蛊也就是图个好玩。你看现在，我们欢聚一堂，举杯邀明月，亲的就跟一家人一样，你是我哥哥我是你嫂嫂……"

"啊？！"

"哎呀，啊什么啊，讨厌！总之你领会精神就行。所以说你个大老爷们不能太小心眼咯，既然这么，那么我们前面的事情就一笔勾销，好，就这么定了。"

"等等等等，你说勾销就勾销啊，我这还背着这么大一口黑锅呢。"

"哎呀，什么黑锅不黑锅的，你看看你，这么大一个老爷们心眼这么小，怪不得找不到女朋友呢，我就不相信你都跟韩朵和解了，就不跟你弟妹我和解……咦，对了，我帮你追韩朵吧？"

"哦？怎么帮？"

"哎呀，这还不简单，就跟打仗一样，你在城外排山倒海的猛攻，我在城里给你当内应，帮你煽风点火，策反对手，时不时给你透出点情报，你这不是就省事多了。"

"行不行啊？"

"哎呀，有什么不行的，你自己说说，要不是我告诉你赵总是韩朵她哥，你这会估计还在郁闷着呢吧，哪有心情在这跟我死磕呢。"

我一紧张，忙说："这事不提，不提。"

张子露说："哎，这可是你说的噢，那就不提了噢。我就知道马哥哥宽宏大量，不会跟嫂子计较的。"

我说："这是哪跟哪啊。"

张子露说："你既然这么大度，那嫂子再给你爆点料，你看那个艺术家，追韩朵很久了。"

我问："哪个艺术家？"

张子露说："就是那个扎辫子的啊，他和韩朵是同门的师姐师弟，从上学的时候就开始追，毕业后还是穷追不舍，硬是要挤进远扬公司里，给多少薪水都干，就是为了接近韩朵，还是赵总好心，收留了他，不过远扬公司也没白养活他，现在那个艺术家在远扬公司可算是挑大梁的。"

我说："这么感人啊，现代版的唐伯虎点秋香。"

张子露说："不过我不看好他。"

我问："为什么？"

张子露说："都追了五六年了一点进展都没有，可能韩朵不喜欢这种类型的，韩朵虽然没说过，可是我了解韩朵，她可能会喜欢你这种类型的。"

我一笑，说："你就扯吧。"

张子露说："善于把握机会比善于跟人抬杠强一百倍，你自己看着办吧，韩朵出去半天了你注意到没有？还不出去看看，你真笨。看着我干什么，等我用脚踹你出去啊？"

等我出去后发现，韩朵正倚着走廊旁边的栏杆，看着天空看得出神。

我站在旁边，说："怎么，又找到艺术灵感了？这么专注。"

韩朵好半天才回过神来，说："发呆是这个世界上最舒服的事啊，什么也不做，什么也不想，大脑里一片空白，思绪想飘到哪去就飘到哪去，比睡觉还舒服。"

我说："网上说妇女儿童往往是在发呆的时候被人贩子盯上的。"

韩朵说："所以你就来了？"

我说："我是来保护你的。"

韩朵看我一手拿着一只盛着红酒的高脚杯，说："你用酒杯来保护我啊？"

我递给韩朵一杯，说："顺便找你喝杯酒。"

韩朵说："网上还说人贩子对妇女儿童下手的时候都是以食品饮料作为诱饵的。"

我说："你难道没看出来，我不是个人贩子，我是个'心'贩子，只贩心不贩人。来，干杯。"

韩朵说："哦？你手法纯熟，神态镇定，不像是新手啊，那你一定贩了很多'心'了吧？"说完一饮而尽。

我说："我这个心贩子和别人不同，我只干一票就收手。"

韩朵说："哦？真的吗？可这和我又有什么关系呢？"

我端起酒杯缓缓喝下，然后说道："有关系。你明知道人贩子对妇女儿童下手时是以食品饮料作为诱饵的，你还要喝我的酒，更何况我是个只干一票的心贩子呢。"

韩朵说："你就没发现有问题吗？"

"哦？"

韩朵说："我揭穿了你的圈套，而后又跳进你的圈套，你不觉得其中有诈么？"

我说："是吗？既然这样，那我就只能静静地等你亮出底牌了。"

韩朵说："你现在反悔还来得及。"

我说："那多没意思啊。"

韩朵扭过头来看着我，看了半天才干笑一声说："马游，你别再枉费心机了，我们之间，没有任何可能。我的目标是佛罗伦萨艺术学院，考取那里的研究生是我的梦想，为此我付出了三年的努力，我努力进修专业课，努力学习意大利语，为的就是早日拿到入学通知，这个目标不是某个人对我的某种热情就能够改变的。就算你只是想找我玩玩也不行，我没有时间。"

【20】

　　中秋节过后不久，那一年的第一场秋雨不期而至，冷风夹杂着冷雨飘打在窗外的大街上，树叶纷纷而下。行人神色匆匆，撑着雨伞走在飘落着黄叶和秋雨的大街上，一个个蜷缩着脑袋，裹紧了衣服，看来真是"一场秋雨一场凉"啊。

　　我正手捂着一杯热咖啡，站在办公室的窗前欣赏着街头的雨景时，小孙告诉我沈总要我去趟她办公室。

　　走进沈总的办公室，看见沈总仰面靠在那把大转椅的后背上，眼睛直勾勾地看着天花板，我进来她也没有发现。

　　我轻轻叫了一声："沈总。"

　　这时候她才回过神来，揉了揉眼睛说："我今天发现发呆是多么舒服的一件事啊，发呆的时候你感觉自己就像天空中的一朵云彩，被风吹着晃呀晃的，就是落不下来。"

　　我说："沈总不好意思，把你喊下来了。"

　　沈总笑，招呼我："坐。"

　　我说："科学研究发现，发呆可以释放压力缓解疲劳提神醒脑排毒养颜补血益气健脾养胃滋补肝肾，还可以增加心血管弹性呢。"

　　沈总笑，说："是吗？发呆有这么多功效，我以前怎么没有认真体会呢？"

　　我说："那还不是因为你平日里工作忙，没工夫体会嘛。"

　　沈总说："那我以后就有大把的时间发呆了，因为我辞职了。"

　　"啊？！"

　　沈总很平静："啊什么啊呀，我辞职了。"

　　我半天才回过神来，看沈总这样子，不像是开玩笑，我问："为什么啊？"

　　沈总说："这有什么为什么。入职、升职、辞职、再入职、再升职、再辞职，职场就是这样的啊。"

　　我小心翼翼地问道："沈总，你该不会是有了新的去处了吧？"

　　沈总摇摇头说："哪啊，我只是想给自己放段时间的假，出去散散心而已。这段时间我觉得特别累，甚至工作起来都有些力不从心的感觉，所以我想，既然力不从心那就暂时不工作了吧。有时候我想，人这一辈子哪有轻松的时候啊，从一出生，就要开始学吃饭学走路学说话学着懂礼貌；等刚会玩的时候，又要学唱歌学跳舞学做游戏；后面又开始每天早起晚归，学加减乘除学拼音英语学唐诗宋词学书法钢琴；紧接着就是考初中考高中考大学；等上了班开始工作了，时时刻刻兢兢业业规规矩矩忙忙碌碌，中间还得找对象买房结婚生子；好不容易耗完了大好青春熬到退休，这下该能休息了吧，又得开始带孙子了，等孙子长大了，你也就差不多了，多没意思啊。"

　　我说："沈总，那你觉得人生的快乐又是什么呢？"

沈总说："哦？"

我说："是奋斗过程中坚持的喜悦，是忙碌之后片刻的闲暇，换句话说，一个长久放松的人是没有快乐的。比如说你，沈总，这些年你带领这个团队的创业历程虽然辛苦忙碌，但是你觉得痛苦吗？我想更多的是对过程的享受和收获后的快感吧。再比如说你沈总，辞职后你获得了长久的轻松，可是你就一定能获得快乐吗？"

沈总笑而不语。

我说："沈总，我的建议是你与其辞职，倒不如请一段时间假，休息调整一下，把人体生物钟这个低谷过去了再回来。"

沈总说："马游你现在可厉害了，论起理来我都不是你的对手了，完全不是那个四年前刚从学校毕业的羞涩小男生了，呵呵。那个时候你刚刚失恋，情绪低落，悲观消极，哪有现在这样意气风发的样子。可是四年过去了，咱们俩换了位置，我离婚了。"

我说："那你像我当年一样情绪低落、悲观消极吗？我想不应该是这样子吧，过去的生活对你来说是个枷锁，现在你自由了啊，可以去追求任何一种你想要的生活了，多好啊，你应该高兴才对啊。"

沈总说："你怎么一点都不惊讶啊。"

我说："意料之中的事情，无需惊讶。我最想知道的是小豆豆以后跟谁生活呢？"

沈总说："当然是我呀。"

我笑，说："圆满收场，皆大欢喜，我都该恭喜你了，毛毛姐。"

沈总惊讶，说："你很久都没有这样称呼过我了呀，好熟悉的感觉。"

我说："那是因为你很久都没有请我去你家吃饭了。"

沈总说："游游你真的和以前大不一样了，好像所有的事情都在你掌握中一样，而你却丝毫都不流露，你太可怕了，我才不要和你这样的人做同事呢，哈哈。"

我说："辞职的事情你再考虑考虑，当年我们连立足之地都没有，这几年我们赤手空拳打下这么多地盘，你说你容易吗？说放弃就放弃，你就这么舍得？"

沈总说："地盘再大，职位再高都是浮云，就像你说的真正的快乐在过程，我的收获也不仅是地盘和职位，重要的是经历，有了这份经历，地盘呀，职位呀，失去了还会回来的，只要你还有这个兴趣。好了，你也不用再劝我了，我的辞职报告公司已经批了，我找你来是要告诉你，我向公司推荐你接替我的位置。"

我怔怔地看着对面这个陪着我长大的女人，自以为对她无比了解，可她的干练利落还是让我始料未及，这样一个强势果敢的女人，或许注定是婚姻的失败者吧。

这时候突然有个想法窜入我的脑海：如果当初是我姐姐和张泉哥在一起了，会不会有一个幸福的结局呢……

　　思绪回到了小时候，在新疆建设兵团的部队大院中，有三个小孩子要好得形影不离：上学一起上学，放学一起放学，玩在一起玩，吃饭都要在一起吃。这三个小孩子分别是我姐姐、毛毛姐和张泉哥。我那时候要小一点，整天跟在他们后面屁颠屁颠的，当然他们也乐意带着我一起玩，遗憾的是我总是比他们小那么一点点：他们上小学的时候我在院子里和尿泥；等我上小学了他们却去远一点的地方上初中了；还没等我上初中呢他们又去了更远的地方上高中了。

　　我记得高中时期的张泉哥已经很帅了，高大挺拔，浓眉大眼，梳着林志颖式的小分头，跑起步来两边的头发一甩一甩的。张泉哥成绩又好人又乖巧，深得大院的阿姨们喜欢。当然也深得我的两个姐姐喜欢，那时候几乎所有的女孩子们都喜欢林志颖，我姐姐的房间贴满了林志颖，毛毛姐的房间也贴满了林志颖，而且每一张都和我姐姐的不一样，我觉得好奇怪啊，为什么总贴同一个人呢？难倒这个人打得过黄金圣斗士吗？

　　这个疑问困扰着我很长时间，直到突然有一天，一纸调令下来，要调张泉哥的爸爸和毛毛姐的爸爸去西安，那天一向很婉约的我姐回到家里哭得很豪放，哭完了找我爸闹：为什么别人的爸爸都能调走，而你不能呢？我妈赶忙哄着已经比她还高的我姐说新疆有多好多好。当时我在一旁看着，心想我妈多傻啊，她哪知道我姐的心思啊。

　　后来张泉哥和毛毛姐两家人真的从大院里搬走了，之后的一段时间我姐变得很沉默，和谁也不多说一句话，吃完饭就把自己关进屋子里。后来我才知道，我姐是在屋子里写信，因为我发现我集邮本上的邮票在一天天的少下去，可是我一直不敢吭声，那个时候的我刚明白了一个道理：一个长久沉默的人是很危险的。因为我刚学过了一篇课文，里面有一句话：不在沉默中爆发，就在沉默中灭亡。我觉得我姐一定不会灭亡的，她一定会爆发的。

然而更危险的是：我姐终于知道了我爸调不回去的原因，是因为我妈超生了。

那段时间我惶惶不可终日，早出晚归，回到家不敢多说一句话，每天晚上睡觉反锁上门，生怕我姐会突然拎着刀闯进来，先把我剁了再宣布这个家庭重新拥护计划生育政策。

我在恐惧中度过了好长一段时间，却发现我姐慢慢的趋近于正常了。我想是啊，我姐都是快要高考的人了，一定学过哲学，一定懂得生米做成熟饭的道理，纵然是因为我的出现改变了这个家庭的性质，但却也不能指望我的消失能为这个家庭平反昭雪。

后来我尝试着和我姐说话，记得有一次我很正式地对我姐说："姐，高考报个西安的大学吧。"

我姐轻松地一笑，很琼瑶地说："你还小，不懂得爱情，真正的爱情是一直看着他，直到看到他收获了幸福，然后默默地从他身后消失。现在他们两个不是已经很好了吗？我再出现算什么呢？再说了，万一你去西安了人家又跑到北京上海去了，你不是更尴尬么？"

这是我人生的第一堂爱情启蒙课，尽管凭我对我姐的了解，我知道她只有最后一句话才有可能是真的，可是她的启蒙课深深影响了我以后的爱情观。

我姐看着懵懵的我说："你知道爱情的最高境界是什么？就是放手，这个很难，只有洒脱的人才能做到。你看看我，就很洒脱，你没发现我很久都不写信了吗？"

我说："没发现。"

我姐急了："难道你就没发现你的邮票很久都没有变少了吗？"

我说："我的集邮册半年前就被你弄成空册子了，还怎么变少？"

我姐说："哦，这样啊。我真的半年都没有写信了吗？"

后来我姐真的报考了本地的一所师范，毕业后当了一名中学老师，倒是后来的我考到了一所西安的大学。

我大二那年，张泉哥和毛毛姐筹划婚礼，我给我姐打电话问：要不要送份重礼？我姐说不用。后来就送了一份普通分量的红包，混在一大堆红包中间挑都挑不出来。

再后来我姐也结婚了，三个人的故事彻底成了两个人的故事。毛毛姐起先在一家企业里做文秘，算是起点比较低，可是后劲十足，没多久就转为行政人员，不甘心平淡，又干起了销售，从开始负责一条客户线，到负责一个区域客户群，中间跳了几次槽，职务提升到地市级经理，再到省级经理，再到现在的西北大区总监，可谓一步一个脚印，脚踏实地干出来的。

　　与毛毛姐相比，张泉哥可以说是高开低走，毕业后在一家国有企业里做技术员，工作体面，收入稳定。可是过了几年形势急转而下，国有企业改制开始，张泉哥迫于无奈买断了工龄，应聘到一家私企，没干多久觉得不顺心，就辞职开了家餐馆，半年之后餐馆倒闭，张泉哥赔光了所有的积蓄，屋漏偏逢连阴雨，那段时间又被摩托车撞断了腿，在床上躺了大半年，等再从床上下来就像换了个人似的，萎靡的不像样子，然后就开始自暴自弃，酗酒和赌博，直到后来有一天晚上，我开车送毛毛姐回家的路上，看见张泉哥喝得摇摇晃晃，搂着一个浓妆艳抹的女人，去酒店开房。

　　后面的事情再说就没意思了。

　　"游游，你怎么这种表情看着我呀？"

　　思绪就此被毛毛姐打断，我赶忙回应："哦，哦，没什么没什么。我在想，你觉得我现在这样子坐这个位置合适吗？我一点思想准备都没有。毛毛姐你不妨再考虑考虑，我们已经习惯了跟着你干工作。"

　　毛毛姐说："其实生活就是这样，很多人生中重大的事情都是在你猝不及防的情况下突然发生，而真正留给你适应的时间是在事情发生以后。况且我已经订好了去海南的机票，哦，忘了告诉你，这个冬天我准备在海南过，西安的冬天太冷，暖气房里太干了，把皮肤里的水分全都蒸发掉了，整个冬天皮肤都是干干的，我一直很向往南方温暖的冬天，对了，你去过海南，海南的冬天有多暖和，给我说说？"

我说："毛毛姐拜托，我是夏天去的，那个热啊，恨不得24小时都泡在海滩上。"

毛毛姐说："哦哦哦，对对对，公司的后备干部培训班都安排在夏天，我想起来了想起来了。应该建议公司把所有去海南开的会都安排在冬天，这样多好啊。哦，不对，我已经没有这权利了，就看你的了，哈哈。对了，你不是参加过后备干部培训吗，还没有信心？"

我问："毛毛姐你明年春天还回来吗？"

【21】

几天之后毛毛姐真的走了，熟络的收拾了东西，挂着微笑和每个人握了手，消失在走廊尽头的电梯轿厢中。

毛毛姐离开的那个下午我比任何人都显得伤感，对于这个比我大七岁的女人，我一直无法在自己的感情里给其一个准确的定位：一个陪我长大的姐姐；另一个陪我长大的哥哥的前妻；我亲姐姐的曾经情敌；我的顶头上司；我九岁的时候曾经幻想着要娶回家的女人，这些形象凑在一起是什么？太混乱了。

然而她的两次离开让这些形象统统成为过去时，混乱重新归于有条理，当这种条理简单到只是走廊尽头一个背影的时候，我就彻底伤感了。

然而更悲催的是：原经理都离职了，新经理的任命还不下来。

我这种悲催的心情只维持到第二天上午，因为新经理的任命来了。我这种描述不太准确，准确的描述是：新经理带着新经理的任命来了。

没我什么事。

我更加悲催了。

新经理毕涛，从公司总部直接空降到西安，成了我的新领导。

好吧，该干嘛干嘛吧。

新经理上任后没几天，赵一凯携韩朵、丁小戴前来拜访，在毕涛的办公室里，我为双方做介绍："赵总，这是我们公司新上任的毕总，现在全面负责陕西地区的各项工作。"

赵一凯伸出手找毕涛握手。

我继续介绍："毕总，这位是远扬广告公司的赵一凯赵总，这位是韩朵，这位是小丁，都是赵总手下的得力干将。"

毕涛大约有三十岁多一点，长得矮而胖，身高估计有一百六十五，体重恐怕也有一百六十五。小眼睛小鼻子大嘴唇，分布在肥嘟嘟的脸上，显得不太协调。这时候毕涛肥胖的身子正陷在沙发里，翻看着手里的项目资料，抬眼看了一圈，目光落在韩朵身上，半天才慢吞吞地说道："我说呢，陕西这几个月的业绩这么好，花了这么多钱砸广告呀。"

我说："毕总，广告投入让我们今年的市场营销抢了先机，现在效果完全出来了，不但收回了广告投入的成本，而且得到了几倍的回报……"

毕涛说："呀，还有二期广告投入啊，还要再花钱哪？"

我和赵一凯对视了一眼，我忙说道："是的毕总，根据前期的市场回馈来看，这个钱还是花的值当的，公司总部也认可了这点，所以二期的费用很快就批了，赵总他们今天也是带着策划方案来给您汇报的，要不您先听听？"

丁小戴赶忙打开文件包，取出资料在桌上摊开，准备讲述方案。

毕涛说："行了，不用讲了，我今天还比较忙，你把资料留在我这，我抽空看看。"

赵一凯说："毕总，这套策划我们费了很多心血在里面，就怕方案里面很多设计上的细节您自己看没有我们讲解体会得直接。您看，还是让我们小戴给您讲解一下吧？"

毕涛有些不耐烦了，说："不要紧，广告策划我还是懂一点的，你这套方案，合不合适，里面有没有给我们埋陷阱，相信我还是比小马要眼睛亮一点的。"

赵一凯说："毕总，看您这话说得，我们也是老实本分的生意人，靠手艺吃饭，怎么可能给客户埋陷阱呢，您真会开玩笑。"

毕涛说："原先沈玉婉在的时候，我是不在其位不谋其政，现在我坐到这个位子上来了，就要为公司把好每个花钱的关口，能少花的钱尽量少花或不花。现在全世界的经济形势这么紧张，广东和浙江的企业一倒一大批，万一轮到我们头上怎么办？到时候你能收留我们这些人吗赵总？当然，前面沈玉婉是出了一点成绩，可是我们能不能在她的方法上做一些改良呢？能不能不花钱就把事情办好呢，既然前期有这么好的基础了，小马，你说呢，都说你业务能力强，已经具备当经理的实力了，那你说说，能不能不花这个冤枉钱就把业绩做上去，你要是能不花钱就把事办好，那才叫你的业务能力强呢。"

听到最后我在毕涛的话里听出味儿来了，我怔怔地看着毕涛，过了几秒钟，我缓缓说道："毕总，您说得对，毛主席不就说过，浪费是极大的犯罪。可是对于一个企业来说，可怕的不是浪费一点钱，而是浪费掉一个赚钱的机会，这对于一个企业来说才是致命的。空手套白狼的无本买卖谁都想做，问题是能不能做成。您是总经理，看问题都是站在战略的高度，比我是高了去了，这个问题我就不多嘴了。您和赵总可以好好探讨探讨，我去给你们倒杯水去。"

说完我拉开门准备出去，赵一凯赶忙站起身，说道："既然毕总今天公务缠身，我们也就不讨扰了，策划方案留在毕总这，空了慢慢看，有问题给我们打电话，我们也就告辞了，告辞，告辞……"

送赵一凯他们走后，我进洗手间点了根烟，我清楚地意识到自己刚才顶撞了顶头上司，两个男人的战争或许就这样开始了，有点太快了。毕涛来的这几天我设想过多种与之相处的方式，以避免麻烦和误会。我只想明哲保身，可是毕涛依然敌意十足，是啊，任何一个男人都无法容忍另一个对他存在威胁的男人留在身边，权利、金钱和女人，都是男人最敏感的防区，人性如此罢了，怪不得毕涛。

可是马游，你也太冲动了，别人出第一招你就应战了，你这算什么，只能算是一个不服气的失败者，别人会说你心存怨气急于发泄，会说你蓄意挑起事端破坏办公室团结，会说你借公事泄私愤为难领导……

马游你就不能再忍忍？

手机短信提示音响起，掐掉烟掏出手机，看到这样一条短信：马游，你不该为我们的事和你们领导抬杠，这儿的生意做不成我们可以到别的地方做，没什么损失，而你就把自己搭进去了，不值当。发信人是韩朵。

我回了一条：早晚的事，只是刚好赶到你们这事上而已。

韩朵：你们经理上任没几天啊，有这么严重？

我：你仔细回想一下毕涛说的那些话，没看出来有什么问题吗？

韩朵：好像看出来一点。

我：才看出来一点啊，我一般看人直接看三点。

韩朵：都什么时候了，你还有心思开玩笑。

我一愣，仔细一看才发现这话说得确实有问题，忙回短信解释：你别误会，我的意思是，从毕涛的话里我听出了三个意思。

韩朵：噢？我只是觉得他好像对我们远扬公司有所要求。

我：那你看出来他今天想给我下马威没？

韩朵：你指的是上次提名你当经理的事吗？

我：你知道？

韩朵：听说过一点。

我：嗨，都传到你那去了，看来我们公司风声不严啊。

韩朵：对了，你刚才说的毕涛话里第三个意思是什么呢？

我：你注意到他对你色迷迷的没有？

韩朵：怎么会呢，我觉得挺正常的。

我：那你是当局者迷啊。

韩朵：是吗？那怎么我哥哥和小丁都没觉察出来呢？

我：他们的注意力都在方案上，哪顾得上你啊，只有我在暗中保护你。

韩朵：呵呵，谢谢。你还是多考虑考虑怎么保护自己吧。

我：你们的事情也好好琢磨一下，商量商量下一步怎么对付毕涛，我现在这样子恐怕也帮不上你们什么了，再强出头就只能给你们帮倒忙了。

韩朵：嗯，这个我知道。我哥哥让我谢谢你。

我：对了，你们上期合同是不是还有些尾款没付？

韩朵：是啊，还有八万块钱，当时你不放心我们，非要留我们百分之十五的尾款。

我：这下有点麻烦，不知道毕涛会不会卡这个。不过应该问题不大，毕竟有白纸黑字的合同，付款期限是什么时候？

韩朵：今年年底。我觉得这事有点悬，毕涛要是那样的人的话，不可能不拿这事来做文章。

我：都怪我啊，早知道当初一次性付给你们就是了，沈总走之前我也把这事给马虎了。不过这事包在我身上，抢也替~~你们把这笔款要~~出来。

韩朵：呵呵，但愿不要到那一步。不说这些了，你周六晚上有空吗？

我：哦？有啊，又去醉城蹦迪？

韩朵：不是，邀请你参加薇薇的生日聚会，行吗？

我：没问题，你去我就去。

韩朵：你别酸了，晚上7点，长安大酒店的旋转餐厅，到时候张子露和朱述也去。

我：忘了问一句：你不会再带别的男士去了吧？

韩朵：不说了，指头都摁麻了，周六见吧。

手机在弱电的提示音下自动关机了。我活动了一下大拇指关节，有点弯不下去了，生平第一次发这么多短信。

【22】

周六晚上七点，我如约来到长安大酒店顶楼的旋转餐厅，这是这个城市的制高点，如果你在这里用餐两个小时，在这两个小时里，你可以从不同的角度俯瞰这个城市的每一处风光。

上大学的时候，我曾透支了一个月的伙食费，带着女朋友来这里吃过一顿饭，那顿饭足足吃了四个小时，我们把这个城市看了足足两圈。那个时候我们一点也不优雅，吃饭狼吞虎咽，指头敲着落地窗，叽叽喳喳点评着外面的风景，可是依然觉得那时候是多么的浪漫和美好。

现在已经不记得那天吃饭的时候说过些什么，只记得两个人干掉整整两瓶最便宜的红酒，我还清楚地记得那天晚上我们没有去开房，因为我身上剩的钱连买盒避孕套都不够了。

我看见角落里有两个女人朝我招手，有一个是罗薇薇，另一个不是韩朵。罗薇薇依旧留着标志性的清汤挂面式的披肩发，笑容依旧平静温和。我朝她打招呼："罗老板，生日快乐。"

罗薇薇招呼我落座，我和她旁边的美女对视了一眼，才发现是丁琼。丁琼在脑后挽了一个发髻，稍显成熟。丁琼问我："你带的什么呀，这么大块头。"

我说："二十二寸的蛋糕整整三条街只有一家店能做。"

罗薇薇很惊讶："这么大，可是我们只有六个人呀。"

我说："韩朵没告诉我几个人，我就订一个最大号的了，人多也显得富实。怎么，只有六个人啊。"

罗薇薇说："是啊，我们三个，还有韩朵、露露和朱述，就我们六个人。"

我看了看表，说："这都七点过了，这三个人怎么这么不守时啊。"

我拿出手机给韩朵打电话，彩铃嘀嘀嗒嗒响了半天，就是没人接电话。

我说："韩朵电话没人接，我再给朱述和张子露打。"

马脸的电话倒是很快接通了，我问："你手表是不是忘上发条了，都几点了还没到，寿星都等急了知不知道？"

马脸说："哎呀，我们还有一点儿就完了，本来说六点就结束的，拖这么久。给寿星说不好意思，实在不行你们就先开吃，这一完我们立马赶过去。"

我疑惑，问："你们拍婚纱照呢？"

马脸压低声音说："哈哈，你不知道，好玩死了，我和露露在这儿参加相亲大会呢，我混在男嘉宾里，露露混在女嘉宾里，装作不认识。该我介绍自己的时候我说我是建筑工地上干苦工的，没房没车没文凭，家在农村的大山沟沟里，俺娘让我今天过来看能不能讨个城里的媳妇。还没说完呢男嘉宾女嘉宾统统笑的东倒西歪，连主持人都hold不住了……"

我说："你可真够无聊啊，可你也不想想，万一露露对哪个高大英俊又身家显赫的男嘉宾动了心怎么办？到时候媳妇被抢走了你还不敢吭气。"

马脸说："哈哈，你是不知道，那些大小的老板、律师、公务员、教授什么的，轮番给露露送花，邀请露露跳舞，露露连看都不看一眼，径直就选了我，全场都傻了哈哈哈哈。"

我说："既然都选过了就没你俩什么事了，怎么还没完呢？"

马脸说："哎呀，有个死胖子，脑子缺根筋，非要对露露做什么最后的真情告白，还想让露露回心转意，主持人也是的，一个劲儿地煽风点火，一上来就让那个男的单膝跪地，这不，都告白了半个多小时了还在那跪着呢，这么胖的身子也不知道膝盖疼不疼。"

我说："我今天要在场非揭穿你们不可，你们这叫典型的损人不利己，娱乐大众，吃饱了撑着，没事找抽的，小心被人识破把你们扒光了游街。"

马脸说："嗨，我说你怎么一点儿社会责任感都没有啊，你看现在什么坐在宝马里哭的女人啊，开玛莎拉蒂炫富的女人啊，不但她们的世界观完全扭曲，还把社会搞得乌烟瘴气的，女孩子找个对象要么就是冲着钱去的，要么就是冲着权去的，没车没房年收入低于三十万免谈的今天现场就有好几个，我就是要树立一个反面典型……"

不对，我应该是正面典型，我就是要树立一个正面典型给这些人看看，好好改造一下这些人的世界观。再说，凭我俩这演技，谁能看得出来？"

我说："哦，原来你是为了解救众生啊，佩服佩服。"

马脸说："这儿年年光棍节都有相亲会，要不明年你和韩朵接着来，继续巩固一下我和露露的成果。"

我说："坑蒙拐骗我不会啊。"

马脸说："瞧你这德行，你还别说我，现场男女嘉宾里有几个老老实实的？在大学烧锅炉的说自己是副教授；城管里的临时工说自己是公务员；我旁边那个男嘉宾，在街边炸臭豆腐，愣说自己是搞食品深加工的企业家。女嘉宾就更不像话了，有个女的都35岁了说自己连男人的手都没拉过。"

我说："人家这35年一直守身如玉也很正常啊。"

马脸说："结果露露说在后台换衣服的时候，看见那女的肚子上有一道做剖腹产手术留下的疤。"

我说："哦，这就有点扯了。"

马脸说："嗨，还有比这更扯的，有个女的说明年要去澳洲继承她叔叔的遗产，她叔叔临终的心愿就是希望她能够有自己心爱的人，带着自己心爱的人一起去澳洲。"

我说："这个不扯啊。"

马脸说："你别急我还没说完。这个女的又说，她觉得要是去澳洲的话坐飞机一点也不够浪漫，她希望在场的男士有哪位愿意和她坐火车去。这女的还朗诵了一首诗：在乎的不是目的地，而是沿途的风景和看风景的心情。"

我说："你别说了，快要笑死我了。"

马脸说："那就不和你说了，我这估计差不多快完了，完了我和露露马上赶过去，见了面再给你们细细说，绝对比春晚热闹。你好好动员动员韩朵，明年来亲身体会一下。"

挂了线，把马脸的情况给罗薇薇和丁琼讲了一遍，把她俩也笑了个半死。

丁琼："这两个人真能折腾啊。"

罗薇薇说："有些缘分是天定的，就像他俩，性格这么相似，能遇到一起就差不多能走到一块了。"

我说："你这么看好他们？万一哪一天这两个能玩的都玩腻了怎么办？"

丁琼说："那就结婚呗。"

我说："唉，女人的世界好简单啊，你们就像傻根一样，永远生活在天下无贼的世界里。"

丁琼说："女人的世界本来就很简单嘛，还不是被你们这些男人搞复杂了。往年薇薇过生日的时候，我们四个女人齐刷刷就聚齐了，今年你们两个男人一加入就乱了，张子露被朱述拐跑了，韩朵更绝，直接玩失踪了。"

我说："都不关我的事啊，张子露那是自愿跟随朱述，解救劳苦大众去了；至于韩朵，就更不关我什么事了，鬼知道她去哪了。"

罗薇薇有点急了："韩朵会不会有什么事情啊，我有点担心她，马游你再给她打个电话吧。"

我再次拨出韩朵的电话，随即告诉她们："韩朵关机了。"

两个女人同时"啊"了一声。

我安慰她们："别紧张，她一个大活人还能丢了不成。"

罗薇薇说："她今天应该一整天都在艺术学院代课的，按理说不会跑到哪去，可是五点多就下课了，再堵车这会也应该到了啊。"

丁琼说："怎么就关机了呢，要不我们去艺术学院找找吧，我怎么也有些担心了。"

我说："别急，我给赵一凯打个电话问问。"

丁琼说："对对对，快打快打。"

赵一凯的电话很快接通，在电话里我给赵一凯大概说了一下情况，赵一凯说："哦，韩朵那会给我打过一个电话，问我车的座椅怎么拆掉，她把车钥匙和手机掉在座椅下面去了，正好把座椅卡住，拿也拿不出来。应该没什么问题，你们别担心她，这会估计4S店的救援队已经到了，你们先玩着，她晚一点到。"

我说："那就好，虚惊一场。"

正准备挂机，赵一凯突然叫住我："小马……"

我说："嗯？赵总还有别的事吗？"

赵一凯没说话，过了一会才说了一句："哦，没事。"

我说："嘿嘿，赵总有事直说吧，别吞吞吐吐的。"

赵一凯说："算了，改天再聊吧，你们先玩。"

【23】

挂了机我把韩朵的情况复述给丁琼和罗薇薇，两个女人长出一口气。丁琼开始批评韩朵："要说韩朵考虑问题最周全，却经常犯这样的细节性的错误。"

我说："是吗？她经常拆她哥哥那辆奥迪吗？"

丁琼说："你别打岔，上次丢手机算不算？上上一次请客忘带钱包算不算？"

罗薇薇说："我看过一本书，书上说这叫间歇性忽略，往往发生在思维缜密的人身上，像一些计算卫星飞行轨道的，经常揣着电视遥控器就出门了。对了，牛顿不是煮鸡蛋的时候不小心把自己怀表煮了嘛。"

我说："揣着遥控器出门的是故意的，因为怕领导给他打电话；至于牛顿的事情，他到底煮的是鸡蛋还是怀表，没人看见吧？"

丁琼说："我说你怎么这么具有怀疑精神，按你的意思，韩朵今天也是故意的？"

我哈哈大笑，说："我可没这么说啊，来来来，咱们三个先喝杯酒，薇薇生日快乐，来来来，干了。"

一杯红酒下肚，我对罗薇薇说："光棍节过生日，既过节又过生日，双重喜庆，来，再喝一杯，祝男光棍女光棍光棍节快乐。"

丁琼问："有男朋友的算不算女光棍啊？"

我说："同居的就不算了，你看这酒你端不端？"

丁琼说："哦，那你们喝吧。"

我笑了，说："我可没问你什么啊，一杯酒把你自己暴露了。"

丁琼说："你最坏，整天歪着脑袋算计女孩子。"

我说："算了吧，男朋友不在身边的也算女光棍，你也举杯吧。"

三个人第二杯酒又一饮而尽。

我对罗薇薇说："你这生日多喜庆，每年这么多人陪你过。"

罗薇薇说："其实，我的生日可能不是这一天的。"

我和丁琼一块儿"啊"了一声。

罗薇薇说："十八岁之前，我每年都是今天过生日，孤儿院给每个孩子都准备生日蛋糕和礼物的，那时候过生日的时候好开心啊，那么多孩子把我围在中间，感觉自己就像公主一样，穿着新衣服给每个伙伴分蛋糕吃，每个人都会对你说一句祝福的话。可是十八岁生日那天，开过生日PARTY之后，欧伯伯把我一个人叫到他的办公室，对我说：'今天之后你就正式成年了，有些情况我可以告诉你了，你知道你是怎么到孤儿院里来的吗？'那时候欧伯伯表情很慈祥，可是我仍然觉得很害怕，因为我从来没有想过这个问题，我只是觉得在这里很开心，欧伯伯突然要告诉我这些，我觉得他好像说完之后就会赶我走一样。尽管我当时已经上了寄宿制的高中。"

罗薇薇脸色微红，端起杯子抿了一口酒，我和丁琼急不可耐，追问道："然后呢？"

罗薇薇说："欧伯伯说那年冬天的一个早上，有一对夫妻把我送到孤儿院的，欧伯伯对他们说，送自己的孩子到孤儿院是不能被接收的，因为如果这样就是孤儿院协助了你们的遗弃行为。那对夫妻说，不是他们的孩子，是他们上班的路上，在城门洞边上的马路牙子上捡的，看着可怜就送到孤儿院来了。欧伯伯说他犹豫了很久，最终还是接受了。那对夫妻还给他一个包袱，里面是一摞小孩子的衣服，一个奶瓶一包奶粉和一封信。"

丁琼一脸严肃，问："信上写的什么啊？"

罗薇薇说："欧伯伯当时把那个包袱和信拿出来说，薇薇，你已经满十八岁了，这些东西可以交还给你了，这是你亲生父母留给你的唯一的东西，意义非同寻常，你要保存好。我当时看了看那封信，又还给欧伯伯了。"

我皱着眉头问："那是为什么呢？"

罗薇薇反而笑了："当时一直害怕欧伯伯会赶我走，就想着我要是不把这些东西带走，欧伯伯是不是就不能赶我走了啊。"

丁琼问："信上写的什么啊。"

罗薇薇说："上面写着：家境贫苦，无力抚养，望需要女婴的家庭收留，不胜感激。孩子生于11月11日早7点52分。"

我问："就这么简单？"

罗薇薇说："嗯，就这么简单。当时临近春节，欧伯伯判断不出我有一个多月大还是两个多月大，所以就推测不出信上留的我的生日是公历还是农历，最后他觉得我可能只有一个月大，就把我的生日定在了这天。可是我后来想，如果我当时长得比较慢，或者生下来的时候比较瘦弱，长了两个月才长到别的小孩子一个月那么大，是不是就影响了欧伯伯的判断？"

丁琼看看我，说："从来没听你说过这些啊。"

罗薇薇说："你们几个每年都为我过生日，怕影响了你们的兴致。"

我问："这些年一直没有你亲生父母的消息吗？"

罗薇薇说："一直没有。"

我说："我有种感觉，送你到孤儿院的那对夫妻，可能就是你的父母。"

我补充道："我瞎猜的啊。"

罗薇薇说："可能欧伯伯也这么认为，欧伯伯说那对夫妻起身告辞的时候他问了一句：先生贵姓？那对夫妻已经走到大门口，停下脚步，没有回头，答了一句：姓罗。之后就匆匆忙忙地走掉了。后来欧伯伯就给我取名叫罗薇薇。"

我说："欧伯伯之所以让你随那对夫妇姓罗，可能也有这方面的猜测。"

罗薇薇说："嗯，可能吧。可是有时候我又觉得不像，如果是，那这么多年他们为什么一直不来看看我呢？"

我说："如果他们隔三差五来看你，就证明他们只是两个好心的过路人；一直不露面才更加可能是你的父母。"

罗薇薇急了，反问我："为什么呢？因为他们家境贫苦吗？可是我现在需要他们抚养吗？

我说：薇薇你别着急，我也只是猜测，欧伯伯也是猜测，或许我们都搞错了，他们可能真的是过路人而已。"

罗薇薇端起酒杯笑了，说："来来来，喝酒吧。"

丁琼在旁边小心翼翼地说："薇薇，过生日呢，我们好好的。"

罗薇薇说："我有点醉了，不好意思。其实我真的不知道，有时候我也猜，可是每次猜着猜着脑子就乱了，我又不敢去问欧伯伯，我不但不敢问，而且要在欧伯伯面前装出一副无所谓的坚强样子，因为我怕欧伯伯伤心，二十多年的养育之恩真的抵不过血缘上的关联吗？而且这种血缘上的联系，从一开始就被残忍地抛弃割断了。这些年，我每天都很恐慌，害怕欧伯伯会突然赶我走，我知道，我一离开孤儿院，我的父母就再也没有办法找到我了。可是欧伯伯从来没有这么做，他怕我割舍不下孤儿院，他说每个在孤儿院长大的孩子都离不开，因为一旦离开就彻底失去归宿感，就想风筝断了线一样。可是他不是孤儿，他有一个幸福的家庭，他可能永远都不会明白，其实每个孩子都盼望着有一天自己的亲生父母能从孤儿院把自己接走，可是有的孩子已经永远失去了这可能。"

我和罗薇薇轻轻地碰了杯，对她说："上帝对每个人都有各自的安排，不能说你是幸运的，也不能说你是不幸的，你得要打开自己的心结。就像你和我，我有父母，你也有，区别在于我知道他们在哪而你不知道，你却有一个胜过父母的欧伯伯，我就没有，你还可以有自己的希望，有些孩子已经彻底失去了希望。有句话说得好，当你为没有鞋子穿而苦恼的时候，就去想想那些没有脚的人。所以你也很幸福，只是上帝还没有让你幸福到每天为穿哪双鞋子而苦恼，可是这已经足够了，不是吗？你看看你，你有自己的事业和爱好，美貌又青春，可以做自己想做的任何事情，可以品着红酒俯瞰着城市的夜色，可以听自己喜欢的歌，做自己拿手的菜，可以和朋友去旅行或者独自宅在家，每天煮或浓或淡的咖啡，搭配不同样式面料和颜色的衣服，选择自己的逛街路线和爱人，这样不好吗？"

罗薇薇笑，说道："是啊，这已经足够好了，况且我已经过了那个依靠父母才能实现自己想法的年纪了，可是有时候我依然会觉得自己心灵深处有个洞，单靠自己是无论如何也不可能把这个洞填起来，每到这种情绪上就觉得害怕的厉害。你知道吗马游，我小时候从来没想过这些，所以我积累了很多梦想，当我走出孤儿院，逐渐有了自己的能力，可以一个接着一个实现梦想的时候，才发现我被很多问题困住了，就像我的父母，他们当年遗弃我肯定是遇到了很多解决不了的问题，如果他们还活着，他们现在的问题比我多得多，如果他们知道我在孤儿院的话他们会奋不顾身赶过来，这样双方都释怀了，所以那对夫妇不可能是我的父母。"

我静静地听着，我知道对待这样一个倾诉者，最好的方式就是认真听她说话。

罗薇薇继续说："我上大学的时候很多男孩子喜欢我，可是他们没有人知道我的身世，或许是我身上重重的忧郁吸引了他们吧。那时候好想轰轰烈烈地谈一场恋爱啊，可是我很清楚，我能给予他们的，只能是这种不着边际的吸引。我也喜欢过一个男孩子，那个男孩子手指也像你这么细长细长的，那个男孩子那时候还不会抽烟，爱打篮球，他的手指我只见过一次，我从来没和他说过一句话，他也不知道我是谁，可是现在我还记得那时的场景，呵呵，这样好不好？"

丁琼转过头看我的手指，我把手指伸开给她看。我对罗薇薇说："你多亏啊你。"

罗薇薇说："亏吗？问你个问题，实现了的梦想还能叫梦想吗？"

罗薇薇的问题都这么怪异。我想了想回答："那就要看梦想之后还有没有梦想了。"

罗薇薇笑着举杯，和我和丁琼碰杯，说："得到的才是最好的，奢望的永远都是多余的。"

罗薇薇又一次一饮而尽后，我问："对了，你在哪儿上的大学？"

　　这时候我的手机响起，接通后马脸杀猪般喊叫的声音从电话那头传了过来："马游！快带兄弟们到楼下护驾！我们马上到了！"

　　我看看左右两边的丁琼和罗薇薇，问："你们在哪？"

　　电话那边："在出租车上，那个死胖子带人在后面追杀我们！"

　　我说："这么严重，怎么回事？"

　　电话那边："哎呀，被人发现了！"

　　我说："你们俩演技这么好，怎么被人发现了？"

　　电话那边："哎呀，大意失荆州啊，都完事了我们在储物柜里取包，没想到那个死胖子还跟在后面，直接就嚷上了：男二号和女四号耍流氓那！他们本来就认识！他们的包存在一个储物柜里！"

　　我哈哈大笑。

　　电话那边："哎呀，没时间了，快带兄弟们下来救驾啊，那个死胖子后面还跟了十几个男嘉宾，再不下来就要出人命啦！"

【24】

那天罗薇薇喝的酩酊大醉，扶她下电梯的时候碰见了正准备上电梯的韩朵，幸亏有丁琼在，不然以韩朵对我的了解，我就又说不清了。不过无论韩朵怎么想，罗薇薇的生日PARTY，她算是完完全全错过去了。

马脸那天也有惊无险，丁琼冒着酒驾的危险，开车帮他别住了后面的追兵。丁琼假装调头，然后起步、熄火，再起步、再熄火，把长安大酒店门口的车流截断了足足三分钟，当马脸和张子露逃到楼顶的旋转餐厅，顺着落地窗往下看时，丁琼还在向后面的司机求助。

几天后，我坐在办公室里，伸手摸暖气片传递来的微微的热度的时候，毕涛通知我去他办公室。

毕涛开门见山："马游，远扬广告公司的策划方案我看了，感觉很糟糕。"

我说："哦？延续了前期的思路，又增加了一些新的创意，经过前期的实践，效果也是看得到的，这个方案又是最具性价比的。所以应该还过得去吧。毕经理您主要对哪一点不满意呢？"

毕涛说："没有创意，没有个性，没有爆点。"

我不明白了毕涛葫芦里卖的什么药，问："依您的意思，该怎么改？"

毕涛说："要炒作，炒作懂吗？就是要吸引眼球，让人家夸也好骂也好，总之我不管什么是非曲直，只要别人记得住我们，这才是广告宣传的目的。"

毕涛说完看看我，我说："您继续说，我听着呢。"

毕涛又说："你再看看这个方案，还是老一套，没有一点新意，老牛拉车的笨办法，等人家记住我们的产品的时候，中国足球世界杯都出线了。"

我问："依您之见，该怎么弄好呢？"

毕涛说："好，我就教你一些炒作的理念。炒作无非就是这几样东西：诱惑、绯闻和争议。传销就是一种凭空的炒作，前几年为什么能这么火呢？因为人人都看它能发财，传销炒的就是诱惑；绯闻，小明星要上位怎么办？电影要上映了宣传力度不够怎么办？歌手出专辑怎么让人知道呢？搞点绯闻嘛，哈哈，又少花钱又有效果。不过，这两种都不适应我们宣传产品，所以我们要用第三种：制造争议，当然不能在产品质量上有争议，所以只能在宣传手段上，当人们争议我们的宣传手段的时候，我们的产品会不知不觉被他们记住，这就是我的思路。"

我问："哦？具体怎么操作呢？"

毕涛说："我都想好了，我们租最大的舞台，搭在商场最显眼的位置，舞台上装上我们的热水器，雇一个最漂亮身材最好的模特，在上面用我们的热水器洗澡。我相信，半个小时之内，媒体的人会全部到场，媒体也缺新闻啊。到时候，报纸、电视、网络、广播争相报道，等于免费给我们做宣传。然后肯定有人说能接受这样的宣传方式，有人说不能接受，我们就是要制造争议，争议上几个礼拜，我们的产品就真的是深入人心了。"

我一惊，问："不穿衣服吗？"

毕涛不悦，说："他们哪怕扒了皮争论呢，我管他穿不穿衣服呢，你这问的真是……"

我说："我问模特穿不穿衣服。"

毕涛说："哦，哦。模特啊，当然最好是不穿，不过警察可能不干，那就能穿少就穿少些，必须全是肉色的，乍一看就和没穿一样，我就是要无限接近警察的底线而不突破。"

毕涛打开电脑，说："我看了你们前期宣传的照片，里面有个模特我觉得非常合适，身材长相就是我想象的那种，你看看就是她。你把我的思路转达给远扬公司，让他们按我的思路出方案，顺便让赵一凯尽快找这个模特谈谈，没问题，我可以出价钱。"

我看着毕涛扭动着肥胖的身体把电脑显示器掰向我。如我想象的一样，屏幕上丁琼舞步蹁跹，笑容高贵而神秘，美得让人挪不开目光。

我说："毕经理，你的宣传方式能不能在公众之间产生争议我不知道，可是已经在你我之间产生争议了——你的方式不适合我的价值观。"

毕涛看了看我，说："你的价值观对我来说不重要，我是经理，你执行就是了。"

我说："公司对这个项目的唯一合法授权人是我，请你不要插手。"

毕涛腾地一下站起来，指着我大声说道："马游，我警告你，你给我放乖一点！你还以为是沈玉婉在朝当皇上哪？任由你为所欲为？"

我笑，说："毕经理，咱们就事论事，谈完工作再谈皇上，您失态了。"

毕涛定在原地一动不动，被我气得嘴都歪了，看着我半天不说话。

突然，毕涛弯下腰，把脸凑在我跟前，低声说道："马游，我知道，我当经理你心里不爽，你以为我抢了你的位子，所以处处找茬做对，对吗？"

毕涛说："我听说你为了泡赵一凯的妹妹，才把公司五十万的业务给了赵一凯？"

毕涛继续说："我还听说，你和沈玉婉关系一直不明不白，搞得沈玉婉都离婚了。你们俩长期霸占公司大权，作威作福，亏空公司资源……"

【25】

西安的冬天干冷干冷的，冰冷的空气里没有一丝水分，天空大部分时间都是灰蒙蒙的，仿佛有很多灰尘飘在天空一样，要是下场雪，会好一些吧。

我把车停了下来，我们距离南山已经很近了，我需要低着头才能从前挡风玻璃里看见山顶了。山也是灰蒙蒙的，用肉眼把山体和天空区分开，是件困难的事情。

副驾驶位置上的韩朵打完了电话。我把车的音响拧大，韩朵又伸手关小，对我说："毕涛头上缝了七针，鼻梁骨骨折，耳根撕裂，轻微脑震荡，正在医院住院，你出手太重了。"

我说："只能怪他太脆了。"

韩朵说："朱述说毕涛已经报警了，怎么办？"

我说："这种情况会判几年？"

韩朵说："不知道，至少要拘留吧，重点儿的也许会判个一年半载的，马游。"

我抬头看见路边不远处一张巨大的蓝色路牌，用白字清晰地写着：成都873公里。

我对韩朵说："韩朵，我们逃吧，成都只有八百多公里，我开一夜就到了。顺着这条路穿过大秦岭，那边就是美丽富饶的天府之国，有吃不完的火锅和川菜；有青城山和九寨沟；有泸沽湖和峨眉雪峰；有康定情歌和贡嘎雪山。我们可以选择归隐山林，在半山腰盖一所房子，到了春天就能看到漫山遍野的油菜花，溪水从山顶流下来却没有一丝声音……"

韩朵急了，打断我："都什么时候了你还有心思开玩笑。"

我锁紧了眉头看着韩朵说："我是认真的啊。"

韩朵更急了："和我有什么关系啊！"

我说："那你为什么跟着我跑这么远？"

韩朵停顿了一下，说："马游，我坐着你的车出了市区，就一定要跟着你跑到成都吗？我是代表远扬公司来帮你的，是代表我哥哥赵一凯，因为我哥哥觉得你是为了帮远扬公司说话才闯下的祸，所以他觉得从情理上必须帮帮你，仅此而已，你懂吗？"

我说："哦？你们决定怎么帮我？"

韩朵说："事实上你就不需要帮助，一副胸有成竹的样子。"

我说："哎呀，哪有呀，我只是不想让你们担心我罢了。"

韩朵说："你现在面临要坐牢，怎么办？"

我说："要是没法避免，那就坐呗。"

韩朵急了："我现在不是正跟你谈怎么避免呢嘛！"

我说："哦？有办法么？"

韩朵说："去外面躲一阵子吧，我哥哥说他可以帮你和毕涛谈谈，看能不能私了了，有结果了你再回来。"

我说："那不知道得花多少钱了。你们现在必须跟我划清界限，最好能在毕涛面前踩我几脚。毕竟后面还要合作，前面也还有钱没付完。"

韩朵说："你别说了，不是谁都像你一样把钱看得那么重。你必须先出去躲躲。还有就是，手机这几天就保持关机吧，否则警察很容易就找到你了。"

韩朵把手机递到我面前说："这是朱述发的短信，上面是他老家的地址，他说已经给家里安排好了，你去不去？"

我最终没有听从韩朵的安排，我认为韩朵的安排纯粹是多此一举，因为在我看来男人和男人打场架是再平常不过的事情，受点伤挂点彩也在所难免，吃亏的一方如果实在咽不下这口气，那就背地里练两个月再打一架，怎么都不会闹到派出所来处理的地步，又没动刀动枪的。事情发展到后面我才意识到自己分析错了，因为我把毕涛当成男人来分析了。

那天晚上我们在一户农家吃烤野兔，味道很是鲜美，一时兴起要了瓶酒，邀韩朵对饮，被韩朵拒绝了。

韩朵说："这里荒郊野外，只有你我两个人一辆车，万一都喝多了，我要和你在这住一宿吗？"

我笑而不语，只能自斟自饮。

天色渐暗，农家小院里生起了篝火，院子里一下亮堂了不少。一堆小小的柴火，居然能对抗夜的黑暗。

农户的一双儿女，在篝火旁边嬉戏打闹。我喝到兴起，掏出手机说："来来来孩子们，叔叔给你们放音乐，你们跳舞，今天晚上我们过一过新疆风情的夜生活。"

我把手机音乐打开，两个孩子却羞涩地躲到一边，在角落里好奇地听着。

深夜花园里四处静悄悄

只有风儿在轻轻唱

夜色多么好

心儿多爽朗

在这迷人的晚上

夜色多么好

心儿多爽朗

在这迷人的晚上

小河静静流微微泛波浪

水面映着银色月光

一阵清风一阵歌声

多么幽静的晚上

一阵清风一阵歌声

多么幽静的晚上

我的心上人坐在我身旁

默默看着我不做声

我想对你讲

但又难为情

多少话儿留在心上

我想对你讲

但又难为情

多少话儿留在心上

长夜快过去天色蒙蒙亮

衷心祝福你好姑娘

但愿从今后

你我永不忘

莫斯科郊外的晚上

但愿从今后

你我永不忘

莫斯科郊外的晚上

……

　　吃完饭的时候手机刚好在弱电的提示音下关机。我微微醉，把车交给韩朵开，我坐在副驾驶室。

　　韩朵开得不快不慢，沿着回城的路一路向北，恍惚间那个巨大的蓝色路牌从头顶移过，从车灯的反射光束中我猛然间看到了雪花的影子。啊，下雪了。

　　我曾经给一个女孩描述过我认为最浪漫的一个场景：在类似于今天这样一个风雪夜里，我开着车，载着心爱的姑娘，一路向南驶去。姑娘开始有些惊慌，慢慢变得好奇，后来又有些兴奋和向往，到最后沉沉地睡去。车上有充足的水、燃料和食物，我可以一路不停歇。车像射出的子弹一样，一路疾驰，不断划破夜色和雪幕，无数片雪花被雨刮器敲得粉碎，又有无数片雪花迎面落下，黑夜被灯光一幕幕刺穿，又有更深的夜色笼罩下来，我、姑娘和车的组合像鱼一样孤独地穿梭，可我们彼此却并不孤单。车上放着轻柔的音乐，音乐里姑娘甜甜地睡着，到最后我把车停下来，也昏昏睡去。早上被姑娘温柔地唤醒，睁开眼，温暖的南国阳光透过车窗射进眼帘，看见满世界的春暖花开，听见残雪在后挡风和轮胎上融化的声音。

　　只可惜今天的场景完全相反，首先我们现在正朝北开，要开到春暖花开得开一个季度，或者绕地球一圈，无论从时间还是空间来说，都是我所不能接受的，更别说姑娘。还有就是，现在开车的是姑娘坐车的是我，我要是这会甜甜地睡去，非被姑娘一巴掌拍醒，因为姑娘不知道送我回家的路怎么走。

　　梦想很丰满，现实很骨感，不过如此。

　　韩朵看右后视镜的时候看了我一眼，问我："你笑什么？"

　　我开口即唱：

2002年的第一场雪，

是留在乌鲁木齐难舍的情结。

你像一只飞来飞去的蝴蝶，

在白雪飘飞的季节里摇曳。

忘不了把你搂在怀里的感觉，

比藏在心中那份火热更暖一些。

忘记了窗外北风的凛冽，

再一次把温柔和缠绵重叠。

……

　　韩朵送我到楼下，自己又打车离开。回到房间我却越发醉得厉害，就昏昏沉沉胡乱睡去。

　　第二天被一阵敲门声惊醒，我睁着朦胧的睡眼看了半天，才发现门口站着的是几位警察叔叔。

　　我简单收拾了一下，被警察叔叔带走了。

　　在警车上，其中一位警察叔叔对我说："你心理素质够好，把人都打成熊猫了，你还能在家睡得这么踏实，以前有没有案底？"

　　我说："没有。"

　　警察叔叔说："你身手这么利索，不像是初犯。你老实交代，公安局的资料库都是全国联网的，不论你在哪里打过架，上网一查就查出来了，你现在还是说实话好。"

我说："以前打架，没被你们抓到，算不算？"

警察叔叔说："哦，那不算。"

我说："那我算是初犯吧，能不能在车上教育教育得了？你看这大老远的，你们这既费体力又费汽油的，我实在是过意不去，不能拿我的错误来惩罚你们哪。"

警察叔叔说："嘿嘿，你想得美，要拘留的。像你这样故意伤人致人受伤的，手段特别残忍情节又相对恶劣，又没有自首情节和立功表现的，搞不好还会判个轻度故意伤害，关个一年半载的。"

我一惊，赶忙自我辩解："就是一起普通打架事件哪，哪里牵扯得到手段残忍情节恶劣啊警察叔叔……不对，是警察同志，罚点款行不行？"

警察叔叔说："先说拘留的事，罚款的事随后再说。"

我更惊讶："怎么还要既拘留又罚款啊？"

警察叔叔说："那当然，要不然对方的医药费谁赔？我们这既费体力又费汽油的就为你这点破事？你拘留期间的伙食费算谁的？"

我说："那多罚点钱行不行？"

警察叔叔一把按住我说："我们要维护法律的严肃和公正。不过，你要是实在工作忙的话，可以考虑只罚款不拘留。"

我喜出望外："多少钱？"

警察叔叔伸出五个手指头。

我说："五千？太贵了。"

警察叔叔说："是五万。"

我吓了一跳，还是问了一句："能不能优惠一点？"

警察叔叔说："你是初犯，不行。"

我说："拘留得多久啊。"

警察叔叔说："最少十五天，再缴五千杂费。"

我说："对了，你刚才不是说要维护法律的严肃和公正吗？"

警察叔叔不耐烦了，说："你既可以选择坐牢，又可以选择罚款，这还不叫公正？"

我小声问："那严肃呢？"

警察叔叔说："五万块一分都不少，你说我严肃不严肃？"

我最终被判十五天拘留。

【26】

十五天期间共有三个人来探视，首先来的是马脸。

马脸说："哥们，这里条件还不错啊。"

我说："嗯，伙食也好，你来不来？"

马脸说："哈哈，我想来，不过我怕是没这个福分。"

我指着门口的狱警说："上去揍他一顿，你就可以了。"

马脸说："哈哈，风险太大，万一被直接送到精神病院了就麻烦了。"

我说："其实人生中得有这么一段经历，待在这儿你能想明白很多事情，这些事情都是你在外面的花花世界里想破脑袋也想不明白的。"

马脸说："别逗了哥们，我信你。关键是，现在有些事情我还不想往明白想，想多了容易老得快。我现在就挺知足的，任何方式的思想境界的提升对现在的我来说都是受罪，等我哪天需要了再到你这儿补上这一课吧。"

我说："那算了不跟你说这些了，免得你回去跟张子露说，说我劝你来坐牢，我是怕了她了。"

马脸大笑，说："那倒不至于。哥们有烟吗？给一根。"

我瞪了马脸一眼，说："你这是来探监还是来打劫的？"

马脸说："唉，最近手头有点紧。"

我问："怎么了，惹事儿了？"

马脸说："嗯，惹事儿了。"

我说："以你现在的收入水平，堕个胎不是什么问题吧。"

马脸说："唉，事儿惹大了。"

我一惊，问："仙人跳？还是被人家老公发现了要灭口？"

马脸说："哎哎哎，放尊重一点啊，我可是正经人家。"

我说："怎么回事快说。"

马脸嘿嘿笑着，说："哥们要结婚了。"

"啊？！"

马脸说："啊什么啊，哥们要和露露结婚了，你听明白没有？"

我说："常在河边走，你终于把鞋弄湿了。"

马脸说："唉，我的湿鞋换来姑娘的失身，你觉得我还亏吗？"

我说："哦？恐怕不止是失身这么简单吧。"

马脸说："哈哈哈哈，他奶奶的，我在你跟前就不能留点秘密。是，露露怀孕了，你没发现她现在不一样了吗？"

我说："我说我发现了会不会给你添块心病？看来不是一天两天了吧。"

马脸说："嗯，快六个月了。开始我们还商量要不要留下这个孩子呢，结果露露趁我出差的时候一个人跑到我家去了，给我爸我妈我姐买了一大堆东西，把我妈骗的晕头转向的。后来他们三个人晚上一合计，就把这事定下来了。我爸说：这女娃声音甜，将来对公公婆婆肯定孝顺；我妈说：这闺女屁股大，将来肯定能生男娃；我姐说：这姑娘胸脯挺，生了男娃奶水也够吃。结果第二天就开始收拾房子了。"

我叹了一口气说："哥们，你知足吧。"

马脸说："马游，其实不用你说，我知道露露完全可以作为我前一个时期终点了，我承认我第一次见她的时候确实只是想和她玩玩，结果没想到这次把自己给玩进去了，我越跟她相处越觉得，她就是上天专门为我量身打造的……"

我一惊，问："尺寸这么合适？"

马脸说："严肃点，听我说。我觉得我们的性格和习惯需要相似的地方就会极其相似，需要互补的时候又完全互补。和露露相处真的很愉快，没有任何的负担，让你觉得很轻松。"

我说："不是我，是你。"

马脸说："严肃点，听我说。她可以什么都不要，物质的生活可以过得很简单，谁都不在乎，纯粹是为了找快乐才走到一起的，我们之间任何一个人闷的时候另外一个人马上就会有新的点子来救场。得，不跟你说这些了，免得你羡慕嫉妒恨。总之以前的荒唐日子就让它随风滚蛋吧，过了今天谁也不许再提，以后的荒唐日子恕哥们我就不陪你了。哦，不对，你也金盘洗手了，那我就祝你和韩朵早日步我们的后尘。现在我正式通知你，我们的婚礼定在农历十一月初五，地点在我们老家，到时候带着韩朵和红包准时来。"

我说："我还真是羡慕嫉妒恨哪。"

马脸说："哦，差点忘了，还有个事跟你商量一下。"

我说："好，除了钱什么事都好商量，你说吧。"

马脸说："哈哈哈哈，他奶奶的，我在你跟前就不能留点秘密。"

我说："拜托，你能不能不要每次借钱之前都说一句'差点忘了'？"

马脸哈哈大笑。

我说："说吧，借多少？"

马脸说："五万就行了，不着急，等你出去了我找你拿。"

我说："哥们，你今天到底是来探监的还是来打劫的，两手空空的什么都不带也就算了，还要再拿走五万？"

马脸说："打劫，没商量。"

第二个来探监的是韩朵。

隔着灰黑色的铁栅栏我和韩朵相对而坐，韩朵说："马游，你怎么当初就不听我们的呢？"

我笑："嗨，十五天，又不是十五年。"

韩朵说："你想没想过，你以后怎么办呢？"

我说："大龄青年再就业呗，别担心，还比那些人到中年下岗再就业的人强点。"

韩朵说："有件事情想和你商量一下，应该是代表我哥哥征求一下你的意见，你愿不愿意来远扬上班？"

我干笑一声，说："我啥也不会干，你们要我干什么？你给你哥哥回个话，说我谢谢他的好意，不过不需要，马游到哪都能混饱饭吃，就不给你们添麻烦了。"

韩朵说："马游你误会了，我们现在正在扩充业务部门，公司在不断发展，这个过程中业务部门对公司的支撑太单薄，是公司的软肋，前期业务方面的事情都是技术人员在处理，你发现没有。现在是远扬公司自己要补这块短板，而不是想找个地方把你放进远扬公司，你明白吗？我哥哥让我给你带句话，说他看上的是你这个人。"

我不解，看着韩朵。

韩朵说："我哥哥这段时间在北京出差，所以这些话只能托我带给你。不过他说了，你出狱的那天他亲自来接你。"

我沉思良久，说了一声"哦"。

韩朵说："不着急，你要觉得远扬公司你不太能瞧得上也没关系，你不用急着答复我，考虑考虑吧。"

我没有说话，两个人陷入了久久的沉默，好像都没有新的话题，气氛相当尴尬。

许久韩朵又开口说话了："马游，我给你买了条烟。"

　　我侧目看见韩朵右手边有一个紫红色的包装盒，我笑了笑说："谢谢，你怎么知道我抽这个牌子。"

　　韩朵说："有一次你落在我车上一包。"

　　我顿时听得有些感动，由感动而引发了情商的骚动，触及到了柔情的神经，从而产生出想去亲近这个女孩子的冲动。

　　突然间，很唐突，很难以自控地问了一句：

　　"韩朵，你有没有喜欢过我？"

　　韩朵低着头，把目光垂撒在地上，说："马游，我们今天不谈这个好吗。"

　　我注视着韩朵脸的侧面轮廓和发髻，缓声说道："韩朵，我知道，我不懂绘画，不会欣赏艺术，既不酷又不帅，既没才华又没钱花，毛病多脸皮厚，不够真诚也不够成熟，不会营造浪漫也不懂得表现温柔，你定然不会选择我这样的男人。可是今天，我只想问一个与选择无关的问题，你，喜欢过我吗？"

　　韩朵依旧低垂着目光，看着地上一言不发。

　　我从未见过这么柔弱的韩朵，像一个做错事情的孩子一样小心翼翼地回避你的眼神，我想，女人的本质应该都是柔弱的吧，无论外表多么犀利或者强势的女人。

　　这个时候韩朵开口了："既然，既然和选择无关，那这个问题又有什么意义呢？或者说，你知道或者不知道答案，于你于我，于现在于将来，又有什么关系呢？"

我说："我也知道，有些事情，你不要非得点破了它，让它留一个小尾巴，在你心里不时的抽动一下，让你就这么一直想着猜着惦记着，其实才是最好的。可是很多时候人都是这样的，越没有机会尝试的事情，越想知道尝试的结果。"

韩朵缓缓抬起头，说道："马游，这就是你，我觉得你是一个双面人，大多数时候你都很矛盾，就像现在一样。你有很多朋友，可是你很孤独；你表面上粗犷豪放，内心却敏感而脆弱；老是一副凡事都满不在乎的样子，实际上却在乎得要命。"

"其实每个人都有他另外的一面，比如说我，我有很多不为人知的缺点，这些缺点至少不为你知。我懒惰，邋遢，老丢手机，出门忘带钥匙，爱发脾气，会骂人，搞恶作剧，上班迟到，上课打瞌睡，睡觉蹬被子，熬夜上网，通宵泡吧。所以，你所了解的韩朵不是真实的韩朵，真实的韩朵也不是你想象中的韩朵……"

"好了，韩朵，你不用再说了，我知道了，谢谢。"

我低下头，刚才的柔情一瞬间凝固成了悲凉，卡在胸腔异常难受。

"马游，你别误会，我不是这个意思……"

我没有说话，两人又陷入了尴尬的沉默。

许久，韩朵说话了："马游，你真的想听吗？"

我缓缓抬起头，迎着韩朵的目光。

韩朵长长地吐了一口气，顿了顿说："好吧，那我告诉你我真实的感受。"

这时候，我的耳边飘过一个声音，这个声音只有三个字，这三个字字正腔圆，真真切切。我听了顿时想杀人了。

一位警察叔叔走进屋子拍着我的肩膀说："时间到。"

第三个来监狱的居然是赵一凯。

赵一凯说："小马，我刚下飞机，不好意思让你受苦了。这边正在给你办手续，估计一会儿就能好，你快收拾收拾东西，我接你走。"

我疑惑不解，问："赵总，还有三天的刑期，你记错时间了吧？"

赵一凯说："没错，我找了关系，替你交了保释金，没问题的。"

我惊讶："啊？交了多少钱？"

赵一凯说："别问那么多了，这里不是说话的地方，快去收拾东西吧。"

半个小时后，我随赵一凯走出了看守所大门。

赵一凯说："这半个月一共下了两场雪，温度降得比较低，你穿的不单薄吧，别感冒了。"

我说："赵总别这样，我最怕这个。"

赵一凯说："什么？"

我说："那天我给韩朵也说过了，我这次的事儿，跟远扬公司没有任何关系，纯粹是因我和毕涛的私人恩怨而起，所以赵总，你们没必要这么对我。再说你们远扬公司还得和毕涛长期合作，和我走得太近了对你们不好。"

赵一凯哈哈大笑，说："小马你想多了。毕涛的事过去了我们就不提了，我也知道他是怎么样的人，在你这事之前我们找他要过上期项目的尾款，他居然向我们索贿，付我们八万我们得先给他个人五万，所以我们已经放弃了后面的合作。至于前期的尾款，我们打官司也得讨回来。至于你和我，虽然认识时间不长，有前面的交往就是朋友，哪个朋友落难了我都得帮一把啊，更何况我也没干什么啊，哈哈。"

我说："我谢过了。可能我这命里注定会有场牢狱之灾吧，还好只拘了十二天。"

赵一凯说："这也是你人生中一个难得的阅历啊，所以别太在意这样的事，过去了就重新来吧。你现在真得考虑考虑后面的事儿了，我听说你们公司已经将你除名了。"

我苦笑："能不除名吗，在外面打架被拘留都会，更何况打了自己的顶头上司呢。"

赵一凯说："韩朵跟你说了吧，我真的是欣赏你这个人。远扬公司翻过这个年会成立一个新的业务部，把原先的技术人员统统解放出来，让他们专心做技术。业务部除了接手原先的业务关系，还得拿下以前我们一直盯着的几个大客户，如果顺利的话我相信远扬公司明年会有一个大的发展。所以我想聘你做业务部经理，因为我相信你，希望你能帮我实现我的目标。"

　　我说："赵总，容我再考虑考虑。"

　　赵一凯说："今天在这个时候说这些有点不合时宜，我是有点着急了，呵呵，不好意思。我先送你回家吧，洗个澡换身衣服睡上一觉，想不想吃点东西？"

【27】

　　半月之后便是马脸和张子露的婚礼。

　　婚礼被安排在马脸的老家举行。这是一个三面环山的小村子，距市区70公里，典型关中风格的农家村落。

　　婚宴的场地就在村头的打麦场，深红色的桌子、凳子摆了大半个场子，剩余一块地方支起来十几口大锅和十几张大案板，一群妇女来来回回忙碌着切、洗、拌、炒、蒸、煮，就算是个操作区了。场子的另一头搭起一个台子，婚礼就在这个台子上举行。

　　冬天淡淡的阳光照着台子上正在举行仪式的两位新人，土腔土调的司仪时不时搞个怪，惹得众人一片笑声。台下觥筹交错，把酒言欢，好不热闹。只剩像我和韩朵这样在暖气房待惯了的人，在微风中瑟瑟发抖。

　　新郎新娘开始挨桌敬酒，轮到我的时候，马脸说："在我们共同的朋友圈子里面我只请了你和韩朵，结果你俩还不往一块坐。"

　　我说："是吗，你请韩朵了？我怎么没发现她？"

　　马脸捶我，说："别装蒜了，奥迪停在乡间村落的羊肠小道上，那么显眼的你没发现？"

　　我说："在你眼里就奥迪显眼，就丝毫没在意那辆破307在不在场。"

马脸说："哦，真没在意。你的意思，你今天没开车来？"

我说："废话，有奥迪坐谁还开307啊。"

马脸哈哈大笑，笑完说："咦，那怎么不见韩朵人呢？"

我说："艺术家觉得这个场子的画面特别美，跑到山顶写生去了，说要把你们婚礼的整个画面画下来。"

马脸说："那你傻呀，怎么不跟上？"

我说："我负责替她吃了你们的敬酒，这是其一，还有个任务就是替韩朵通知你，让你把整个场子维持住，等她画完了再散场。"

马脸挠挠头，说："那她得画多久啊？"

我说："不知道，笔顺了可能五六个小时就好了吧。"

马脸说："去你的吧。"

我们哈哈笑着喝完第一杯酒，马脸又说："游子，我和露露商量了，我们决定等你和韩朵结婚的时候再给你还钱。"

我大惊，忙问为什么。

马脸说："你看，你现在房也有车也有，要钱干什么，无非就是结婚的时候才需要钱嘛，对不对？再有，你和韩朵进展太慢了，我们分析了，主要是你不够努力，所以决定给你点压力，这是为你好呀。还有就是……"

马脸凑近小声说："露露明年春天就要生了，我怕手头紧。"

　　在喝完新郎新娘敬的三杯酒后，我看见旁边小山包上出现了一个米白色的点，我知道那是穿着米白色羽绒服的韩朵，她已经成功登顶了。我也完成了作为婚礼参加者的使命，我决定，也去爬爬山。

　　半个小时后，我气喘吁吁地爬到山顶，看见韩朵正支着画架，专心绘画。

　　韩朵说："你怎么也上来了啊，喝完酒爬山会增高血压的。"

　　我说："村里人告诉我说，山上野狼出没，很危险。"

　　韩朵说："可是你一离开，就破坏了整个画面的完整性啊。你看，刚画到你这，我怎么画？"

　　我看到了韩朵的作品：一大张纸上，远处是大大小小叠起来的光秃秃的山；近处是一大片村落，横七竖八的房子夹杂着光秃秃的树。画面的一个角落，似乎画着一场婚宴：一个大台子还能辨得出，台子下面模糊一片，人都用小点代替了。

　　我问："哪个小点是我呀，大画家。"

　　韩朵笑了，说："看把你认真的，我和你开玩笑的，别紧张。"

　　我说："吓坏我了，我就怕我一个无意的举动，影响了一副传世作品的诞生。"

　　韩朵说："不过你看，站在这个高度俯瞰整个村子，周围的山丘作为背景，是不是一幅很美的画面？"

　　我说："到处都是光秃秃的，到了春暖花开的时候，可能更好看些吧。"

韩朵说："难道在你眼里，只有春天才有美景吗？"

我说："那倒也不是，山舞银蛇，原驰蜡象也是美景啊。"

韩朵摇摇头，说："唉，你理解得太肤浅了。美应该是一种内在的感受，而不是一种外在的形态。就像这些山和树木一样，虽然它们现在是灰蒙蒙的，可现在的它们代表了一种生命的休憩和积蓄，正是这种单调的颜色才能孕育着万紫千红啊，就像白光能分解出红橙黄绿青蓝紫一样。"

我听的头皮发麻，突然想到谁曾经说过，不要和搞艺术的人争辩，也不要和女人争辩。那我想就更不要和搞艺术的女人争辩了。

韩朵说："算了，不和你说这些。有人曾经说过，不要和外行争论行业内的事，你毕竟不是搞美术的，我们说点别的。对了，我还不太了解你，你有什么爱好啊马游。"

我笑嘻嘻地说："我喜欢写诗，你信不？"

韩朵说："写诗？哈哈。"

我说："是啊，写诗。当年我也是混艺术圈的。"

韩朵说："哦，那好呀，给我听听你的诗吧。"

我说："嗯，好，难得你今天这么有雅兴。给你朗诵一首我高中时候写的诗吧。"

韩朵鼓掌，我缓缓念出：

致乔丹

一个阳光和煦的残冬早上，

冰雪，已经开始融化，

柳儿，好像也要吐出新芽，

人们仿佛已闻到了春的气息。

而你，却淡淡地笑着，说：

我想我该离开了。

人们都看着你不语，

眼里湿湿的。

许多个风雪交加的冬夜，

我们都相伴，笑着走过了，

而在今天——这个春的黎明里，

我分明才感到一丝切切的寒意。

韩朵再鼓掌，说："不错不错。你这首诗。"

我说："这首诗，写于1998年初春，那年NBA闹劳资纠纷，马上要和解的时候，乔丹却退役了。"

韩朵问："那你这首诗发表没？"

我说："没发表，不过当时在我们学校轰动一时。"

韩朵笑道："这么厉害？"

我说："不是因为写得好。听我慢慢给你说，你可别笑啊。那时候我特别喜欢打篮球，你也知道，人少年时候总是要追追星的，我不追星，就是特别崇拜乔丹，我有一帮爱打篮球的兄弟，都喜欢乔丹。我跟他们不一样，他们买乔丹的衣服和录像带，画报和自传，刻意模仿乔丹的动作，几乎做到了凡投篮必后仰，就连罚球的时候也要后仰。我那时候有点小资情调，开始给乔丹写诗，快把一个本子写满的时候，惹事了。"

韩朵问："怎么了？"

我说："被我妈发现了。"

韩朵说："这有什么啊。"

我说："听我说。我妈看到了那些诗，来来回回表达着对一个叫乔丹的人的感情。后来我妈说，她那一晚上没睡着，老太太说她当时那个纠结啊，想了一个晚上，决定先不要打草惊蛇，先找学校了解清楚情况再说。"

韩朵说："你妈怕你打篮球耽搁了学业吧。"

我说："别着急听我说。第二天一大早，我前脚出门，我妈从后面就跟上了，一直尾随我到了学校……"

韩朵说："我说呢，原来跟踪也有家族前科啊。"

我说："别打岔听我说。我妈直接找到我们班主任，对我们班主任说：刘老师，你们班上有没有一个姓乔叫乔丹的女同学啊，我发现我们家马游可能有早恋的苗头了。"

韩朵说："啊，这样啊，你妈把乔丹当成女孩子的名字了啊。哈哈哈哈，那你班主任应该知道吧？"

我说："别提我们班主任了，她带着我妈到教务处查了全校一千多人的花名册，结果没发现哪年哪班有个叫乔丹的女孩子。我妈那个急啊，问我们班主任：刘老师，你说这个乔丹难不成是其他学校的？刘老师说：有这方面的可能，还有一种可能，这个乔丹，或者根本就不是哪个学校的，是社会上的闲散人员。如果这样的话，就只能从你孩子这里入手了。"

韩朵大笑，问道："那后来呢？"

我说："后来一个管后勤的老师提供了一条线索，说学校看大门的老大爷姓乔，有个女儿和我年龄差不多。刘老师和我妈就找乔大爷去了，乔大爷有点耳背，问了半天才问清，她女儿都三十七了，叫乔不思，在农贸市场卖苹果。"

韩朵说："哈哈，这节是你编的吧。"

我说："乔大爷说他老伴生下这个闺女没多久就过世了，老伴死后这个闺女每天晚上哇哇大哭，为了让这个闺女不再想念她妈妈，乔大爷就给孩子取名叫乔不思。"

韩朵说："后面这个太玄乎了，我不信。你这整个都是编的吧。"

我说："前面的是真的，不信你可以问问我妈，还有刘老师。"

韩朵说："那后来呢？"

我说："后来我妈、刘老师和乔大爷三堂会审，把我围在中间开始审问。"

韩朵说："乔大爷怎么也加入了？"

我说："估计乔大爷怕我打他女儿的主意吧。那天把她们几个难受的，既怕点不破我不明白，又怕说点破了伤我自尊。绕啊绕的，绕了一个半小时，最后还是耳背的乔大爷一语中的：娃娃呀，你不该和乔丹搞对象哪。"

韩朵笑得直不起腰了。

我说："最后我从书包拿出一张画报，印着乔丹投篮的一个最标准的姿势，左上角印着：芝加哥公牛队，迈克尔·乔丹。三个人围着画报看了半天，还是我妈反应快，一把把画报揉成一团，指着我说：我们说的就是这个，整天就知道打篮球打篮球，你还考不考大学了？"

韩朵说："哈哈，你就这样轰动了全校啊。"

我说："是啊，那时候低年级的女生见了我都知道我是和乔丹搞对象的那个，抿嘴一笑就跑了。这件事搞得我再去操场打篮球的时候心理压力很大，去的就少了，没想到歪打正着，把学习搞好了，最后考上了工业大学。"

韩朵收住了笑，问我："你打篮球的时候围观的女生多吧。"

我说："哎呀，那不是吹的，大学的时候看我打球的女生真多。"

韩朵说："哦。"

我问："怎么了？"

韩朵说："那你上了大学还写诗吗？"

我说："没有啊，我是一步一个脚印，把爱好全丢了，大学的时候就不写诗了，到毕业后连篮球都不打了。所以我很羡慕你，你的专业就是你的爱好，一辈子都丢不了的。"

韩朵说："呵呵。"

我说："对了，给我画幅像吧。"

韩朵说："什么啊？"

我说："你想什么呢，我说给我画幅像吧。"

韩朵说："天晚了，我们回去吧。"

我拉住韩朵说："嗨，别介，我突然觉得你说的有道理，这山的确很美。你就以山为背景，画一张我吧，回头我裱起来，挂我家客厅墙上。"

韩朵看着我，一会儿才说："马游，抱歉，只有我喜欢的东西我才有灵感，否则怎么画都别扭，别扭就不画了吧。"

我放开韩朵说："你也太直率了吧。"

韩朵举起画板，指着上面的小点说："你要是刚才不上来多好，这幅画里就有你了。"

【28】

我最终还是加盟了远扬公司，任赵一凯的业务部经理。办公室在美编室的斜对面，远扬公司的办公场所本来就不大，如果两个办公室都开着门，我就能通过两扇门看见韩朵。

然而实际情况却是，在一个公司上班反而和韩朵见面的机会少了。主要是我太忙，招聘新业务员，新业务员培训，接手一些老的客户，拜访一些新客户，再加上广告这个行业我还是刚接触，有些东西和卖热水器还是不一样的，我也得学习。

不知不觉忙过了大半个月，突然元旦就要到了，像远扬公司这样年轻人居多的公司肯定是要热闹热闹的。赵一凯安排人订了一家店，这家店一楼是餐饮，二楼KTV，三楼棋牌室，看样子准备一条龙了。

这是这一年最后的一个晚上，在一楼的大包厢里，远扬公司共二十多号人围成了两桌，赵一凯举起杯慷慨陈词，赵一凯的话总结下来说了三点：第一，今年的业绩一千五百万，比去年增长了百分之四十，感谢大家的辛勤工作；第二，明年的目标两千万，请大家继续努力；第三，公司正在扩张业务部，明年将委以重任，请大家支持新上任的业务部经理马游的工作。

本来呢，赵一凯只是想借公司聚餐的机会帮我在同事面前增加一点印象分，结果后面的场面就收不住了，二十多号人打着欢迎新同事和恭喜新官上任的旗号，挨个儿过来要和我喝酒，到最后真有点扛不住了。或许是因为从明天开始有三天假的休息，也或许是一年的压力今晚全部释放了，大家都也肆无忌惮的放开喝开了。

业务部有个刚招进来的小兄弟说："马哥，赵总今天可把你害苦了。想吐你给我说，我扶你去卫生间。"

我说："没事，新媳妇总要经得起闹洞房的。陪不了同事怎么陪得了客户。"

这个小兄弟说："马哥，今儿你喝醉了，我能不能趁你喝醉了问你个事儿，这不算乘人之危吧，毕竟人喝醉了才能讲真话嘛。"

我说："看在你这么直率的份上，我允许你提问。"

小兄弟小声说："嘿嘿，其实也没什么，我刚进公司什么情况都不熟，就是听人说赵总准备招你做妹夫，是真的假的？"

我说："哦，这事啊？这事你得去问赵总，问我我哪知道他什么打算啊。"

小兄弟说："马哥，你是酒醉心不醉，行，我现在不问你了，一会上二楼，咱哥俩来个真心话大冒险，到时候咱按规矩来，哈哈。不过马哥，小弟我斗胆说两句，看赵总这么卖力提拔你，我觉得这事靠谱。要是哪天真的机会来了，你可千万别客气啊。你想想看，到那时候你就是当朝驸马爷了，兄弟们在驸马爷手下当差那多威风啊。"

韩朵端着两个杯子站在小兄弟后面，冷不防问了句："什么驸马爷啊？"

　　小兄弟扭头看是韩朵，赶忙起身，哈哈地说："呀，韩姐，兄弟眼拙，没看见韩姐过来，韩姐快坐韩姐快坐，小弟我给你拿套餐具去。说完就溜了。"

　　韩朵笑，问我："讲评书呢？"

　　我说："嗯，铡美案。"

　　韩朵说："把陈世美铡了没？"

　　我说："正要铡，你来了就没铡，你把陈世美给救了。"

　　韩朵哈哈大笑，递过来一个杯子说："来，干一杯。"

　　我没接，我说："你总习惯来最后一击吗？"

　　韩朵说："是茶，拜托。"

　　我看了看，说："和不喜欢的人，喝杯酒都没灵感吗？"

　　韩朵笑着说："马游你好小气，我和你开玩笑的。"

　　我说："那好，换成酒。"

　　韩朵说："你这人，不知好歹。随便吧。"

　　我倒满两杯，递给韩朵一杯，说："不说恭喜，不说欢迎，你说点别的。"

　　韩朵说："干杯。"

　　吃完饭赵一凯领一拨人直接上三楼打牌去了，剩下一拨人到二楼K歌。

　　我随着人流晃晃悠悠上了二楼，找了角落一张小沙发坐下。头好晕，韩朵刚才的最后一击几乎击溃我的防线了，差一点点。

　　我没有唱歌的打算，只想坐在这里喝杯茶，吃点果盘醒醒酒。刚才要和我真心话大冒险的小兄弟现在也顾不上了，正和公司前台的小姑娘深情对唱一首老情歌。

　　我选择去洛杉矶你一个人要飞向巴黎

　　尊重各自的决定维持和平的爱情

　　相爱是一种习题在自由和亲密中游移

　　你问过太多次我爱不爱你

　　black black heart send给你我的心

　　计划是分开旅行啊为何像结局

　　我明白躺在你的怀里

　　却不一定在你心里

　　……

　　这时候丁小戴来了，拿个两个色盅，说："马经理，我们玩玩？"

　　我连忙摆手，说："我真的不行了，我歇会再陪你吧小丁。"

　　丁小戴说："我们不喝酒，行吗？"

　　我说："赌钱就更不能了，我现在这样子必输无疑，对你来说没什么挑战啊。"

　　丁小戴一副心有不甘的样子，见我实在没什么兴趣，于是悻悻地说："那算了，我们聊聊天吧。"

我说："好呀。我记得你不太能喝酒，今天却也喝了不少，没事吧。"

丁小戴说："嗯，就是，我平时不太喝酒，要喝也就二两的量。"

我说："那你今天喝了多少？"

丁小戴说："不知道，我中途去卫生间吐了一回，回来觉得又能喝了，又喝了些。"

我说："同事聚餐，不能喝就算了，别拿身体硬扛啊。"

丁小戴说："我一个南方人，现在彻底认同了你们北方的酒文化，没量也要喝，我现在就是这样的。我原以为每次喝酒都挑战自己酒量的极限的话，酒量慢慢地就大了，可是我这么喝了一年，二两还是二两，还每次把自己灌得迷迷糊糊，酒在肚子里抓耳挠心的难受，下次再喝还是二两就迷糊，看来不是所有事情只要努力都会有好的结果。"

我哈哈大笑。

丁小戴继续说："可是我很倔强，认准的事谁也说服不了我，有时候酒醒了才觉得自己不值。是不是倔强的人都内向啊，我就很内向，我在西安七年了，没有朋友，不喜欢人多的场合，最满足的事情就是在房间里画画和听音乐，我不喜欢这样的自己，一点都不喜欢。你说，喝酒能让人变得外向吗？"

我说："我看行，没看喝醉的人都话多吗。"

丁小戴说："我喝醉了话不多，我越喝得多越不想说话，就是想睡觉。"

我说："那看来你今天一点都没多啊。"

丁小戴说："是啊，我们还没有这么单独聊过天，我觉得自己没你潇洒，你不像我们这些做技术的，都是一门死脑筋。你知道不，要改变一个做技术的人的想法，比登天还难。就拿我说吧，马游，我告诉你个秘密，这个秘密谁都不知道，连韩朵都不知道，赵总肯定不知道。你知道我爸吗？我爸在福建有一家很大很大的公司，从我们那里用大卡车拉出来的成品石头，一半以上都是我爸的加工厂加工的。我爸的车辆辆价值不菲，任何一辆停在路边都会吸引别人过来拍照。你说我算富二代吗？"

我说："算。"

丁小戴说："那你说我现在的样子像个富二代吗？在这样一个普通的小公司拿着普通的薪水，干着普通的活。别人都劝我回去做个小公子，可我就是不愿意，我对做生意没什么兴趣。"

我说："是啊，要是我早回去了，不一定去做小公子，因为人生很多梦想靠钱能实现的快一点，在大家都走正路的情况下，你的步子也会比别人快许多，轻松许多，不是吗。你有梦想吗？你不想快点实现？"

丁小戴哈哈大笑，说："我追一个女孩，可是我觉得物质的东西在她面前毫无用处，我多希望她是一个世俗的女孩子，这样或许容易一些。可她是那么的清高和不容亵渎，她又是一个倔强的人，七年了，我没有一点进展。我知道她有自己的想法，我没有办法改变她的想法，她也是个做技术的人，我没有在她的想法中。"

我说："韩朵？"

丁小戴说："我知道你也喜欢她。如果有一天我这个倔强的人对另外一个倔强的人不再倔强的时候，我就祝你好运。我们这些做技术的人始终只知道在原地绕圈子，或许你能把她带出来，尽管我不大相信你能。"

我说："得了吧，我已经挂掉了。"

丁小戴笑道："我听过很多这样的话了，大学时候很多师兄师弟都这么说，之后形形色色的人都说过，有公务员、军人、商人、作家、医生、警察、运动员、画家，这些人都说：我挂了。在他们看来，这个女人是无解的，可是在我看来，这些人都缺少诚意。"

我说："哦？"

丁小戴说："你也一样，马游。你们都是喜欢花的人，不是爱花的人，你知道两者的区别吗？喜欢花的人，折花；爱花的人，给花浇水。换句话说，你对韩朵并不是真心的。"

我一愣，说："小丁，你喝多了。"

丁小戴说："我是喝多了，可我全吐了，我清醒着呢。"

我说："你就别挤对我了，我说过我已经挂了。我们说点别的吧。"

丁小戴说："我说得不对吗？如果你们都是真心的，怎么可能这么轻易就放弃了呢？你们只是空虚寂寞无聊，找个人消遣消遣罢了。稍微有点难度就打退堂鼓了，是啊，玩玩而已，找谁玩不一样啊，非要在你这儿浪费时间。"

我有些生气了："小丁，你是激将法也好，还是拿我开涮也好，我都不想再谈这个了，OK？"

丁小戴说："哈哈，你别介意，我不拿人开涮，也没必要费尽心思对你使激将法，只是我的想法而已，我一直喜欢这么直来直去的，这可能是我连一个朋友也没有的原因吧。其实我知道你们这种人想法是和我们不一样的，不太坚持，喜欢迂回……"

我彻底被激怒了，大声喝道："丁小戴，你他妈没完了？！"

丁小戴被我吓得一个激灵，喏喏地说道："我叫戴小丁啊。"

我这一声显然是惊动了那边唱歌的一帮人，音响的声音戛然而止，所有人都往这边看。

我说："你叫什么跟我他妈没关系，我的事儿也跟你他妈没关系。妞就在那放着，有本事你就追，少操心老子的事，老子爱怎么着怎么着，用不着你来指点点，你到底算哪根葱！"

戴小丁酒醒了大半，一脸委屈地说："马经理，我这人不会说话，你误会了，我只是想和你聊聊天的……"

众人上前将我们拉开，戴小丁被扶走了，韩朵站在我面前，直直地看着我。

　　我说："你看我干什么。"

　　韩朵说："有火你冲我来发，欺负小丁算什么本事。"

　　我说："你是不是有病啊，谁欺负谁了。"

　　韩朵说："马游，你不是一直想知道我对你的看法吗？我现在就告诉你。"

　　"我一丁点儿都不喜欢你，过去没有现在不会将来也不可能。我不喜欢你的外表和内心，不喜欢你的性格和脾气，不喜欢你的人生观和做事风格，不喜欢你的爱好和口头禅，不喜欢你的嗓音和眼神，不喜欢你抽烟的姿势和开车的习惯，不喜欢你衬衫的颜色和毛衣上的花纹，这些够吗？"

　　就在这时候，新年来临了，在吃完这一年的最后一顿大餐后，在他们的歌声戛然而止的时候，在我和韩朵四目对视的时候，窗外发出震耳欲聋的鞭炮声，一个又一个烟花伴随着欢呼声在夜色中绚丽绽放，在天空中尽情展现自己最后的姿态，美得一塌糊涂。

【29】

罗薇薇的咖啡馆要拆了，很突然。

这是元旦假期的第二天，我坐在罗薇薇咖啡馆的吧台后面打量着四周，这里依然整洁平静，古色古香，桌上的小盆栽依然开得那么好。

咖啡馆的朝鲜族伙计崔哲浩端上来一壶咖啡，我道声谢谢，小伙子很客气，深鞠一躬。

我问罗薇薇："这里这么好，为什么要拆掉？"

罗微微笑："可能他们觉得还不够好吧，要在这里建一个很大的汽车展厅，他们说展厅是全现代化的立体展厅，一按按钮，汽车就升了上去，托盘是全透明的，能看得清底盘上的每一颗螺丝。"

我说："他们要看底盘上的螺丝干什么？"

罗薇薇说："我不知道啊，我对汽车一窍不通。"

我问："你答应了？"

罗薇薇说："我答应不答应都没有关系，房子是欧伯伯的，难道要欧伯伯去当钉子户？"

我说："这里的每一张桌子和凳子是你的，每一杯咖啡也是你的呀。"

罗薇薇说："皮之不存毛焉附之啊，房子都不在了。"

我说："那你怎么打算，再找块地方吧？"

罗薇薇说："我不知道，或许会或许不会吧。这段时间突然发生了许多事情，我一下子接受不了这么多，让我慢慢想想吧。"

我说："拆迁这事情很平常，你重新找个地方另起炉灶就是了，干嘛想那么多。"

罗薇薇说："马游你不知道，这些心情我理不清楚也说不清楚。可能是我太留恋这个地方了，也可能是我这个人一直都这么恋旧，习惯了平铺直叙的生活，甚至害怕一直走的路会突然拐个弯。我喜欢平静，就像湖面一样静静的就好，它起一点波澜都会让我觉得难受，总之它纠缠得我无从选择，明知道无力挽留还这么神经，你该看不起我了。"

我看着罗薇薇问道："我能帮到你什么吗？"

罗薇薇笑，说："谢谢你这么问我，可是真的不需要，有些事情只能自己解决。"

我说："别这么伤感，你会有一个更好的咖啡馆，你可以把它布置成任何你想要的样子，如果你真心经营，你终究会喜欢上它的，比喜欢这个更甚。"

罗薇薇说："但愿吧。有些记忆挥之不去，无能为力却又无可奈何，我知道这样不好。或许真正的走出去，进到另一个局里面，才会破了这一个局吧。你的咖啡该凉了。"

我轻轻抿了一口咖啡，张开口说："我……"

罗薇薇笑着问我："马游，你想说什么？"

我说："对不起。"

罗薇薇突然一愣，看着我，许久不说话。

罗薇薇说："打住吧马游，说破了就没意思了，给我留些面子我会更好的。"

我说："我……我是说我把你的咖啡弄撒了，不过真的很好喝。"

罗薇薇笑，笑完说："马游，你也是个神经的人。"

我说："来，干杯。"

我从蔷薇咖啡屋走出来，回头看那屋顶上的霓虹灯在夜色中旋转闪烁，忽明忽暗，仿佛是极力想追赶这个城市的节奏一样，却被城市巨大的灯光背景照的毫无光芒。

我钻进路边一辆黑色奥迪里面。

我问："你朋友的事情，为什么非要我去，你却坐在这里听音乐。"

韩朵说："薇薇告诉你什么了？"

我说："她的咖啡馆要拆了，和你告诉我的一样。"

韩朵说："什么时候？"

我说："春节后就动迁了。"

韩朵问："别的呢？"

我不耐烦了："韩朵你到底想知道什么，你直接问吧。"

韩朵说："她有没有透漏一点她要离开西安的意思？"

我说："没有啊，怎么，她要离开西安？去哪呢？"

韩朵说："我也不知道，可是我有种感觉，她像是要去很远的地方一样，而且感觉告诉我，她很艰难的下了决定，可能再也回不来了。"

我说："哦？直觉可信吗？"

韩朵不回答我，却说："马游，上次的事情对不起，是我太冲动了，我不该当着那么多人面让你下不了台，我也喝多了。"

我笑，说："习惯了，不过你也把自己搭进去了。"

韩朵说："可是你应该知道，我们之间没有可能的，就算你只是想玩玩也别找我。我有自己的理想，我的理想是佛罗伦萨艺术学院，我要考取那所学校的研究生，我喜欢画画，我想画得更好一点。为这我已经学了三年意大利语，努力复习课程，申请签证，这才是我这些年的全部。所以别再为我做无谓的事情了，你应该有自己更好的生活。"

我说："哦，这样啊，幸好我还来得及没把自己搭进去。"

韩朵说："还有件事，你应该知道。"

我说："什么？"

韩朵说："真正喜欢你的人，是罗薇薇。"

我哈哈一笑："你扯吧，别拿这种方式安抚我。"

韩朵说："丁琼告诉我的，我信。现在只有你能将她留下来，可是你没有。马游你知道吗，我有多么在乎这个朋友，真害怕突然有一天，她从我的世界里消失掉了。"

我说："这有什么，你不也随时准备从她的世界里消失掉吗，你这么自私。对了，你怎么会有这样的错觉，她喜欢我？看来你的直觉大多时候不太准啊。"

韩朵说："你别装了，这样很讨厌。"

我在远扬公司谈成的第一单生意客户是一家汽车贸易公司，这家公司经营某个畅销品牌的汽车快十年了，财大气粗，为了给新上市的一款车造势，一口气签了三家广告公司，分别从不同的角度帮他们进行宣传推广。

有天晚上，我陪这个公司的刘老板吃完饭从菜馆出来，两个人都有点晕乎，刘老板非要拉我去他们的新项目上看看。刘老板指着一片老房子说："兄弟你看，我们的新展厅地方大吧。"

我说："刘哥，你喝晕了吧，这哪有展厅啊？"

刘老板哈哈大笑说："你别急，过了这个年这块地上的所有房子就都消失了，这里连条狗都不留。"

冷风吹来，我稍微清醒了一点，觉得这个地方有点熟悉。放眼望去众多迷乱的霓虹灯里，我仿佛看到了那个小小的，色彩单调的"蔷薇咖啡屋"的灯光，隐藏在里面，微微闪烁着光芒。

刘老板说："这里是我最新也是最大的展厅，我要建成全西北第一个立体展厅，所有展示的汽车都会浮在半空中，我要让人在我这里买车有买飞机的感觉。你看这里，你帮我做一个巨幅的引导牌，还有这里，这里就是中心展厅，四周的广告位置都交给你做。将来我的展厅，至少有前面那栋楼那么高，这样的话广告位做多高合适呢？你帮我出出主意……兄弟，兄弟，你是不是喝多了？"

我觉得自己像是个无耻的帮凶一样，与人合谋，拆掉了罗薇薇的咖啡屋，是的，就像是我亲手拆掉的一样。愧疚的感觉又一次涌上来，心里边有一些说不清楚的难受，一些不咸不淡的酸楚，却让你挥之不去，无法摆脱。

生命中总有这样一个女子，她从来无求于你，可你总觉得有愧于她。

后来我才理清思路，你之所以有这样的愧疚感，是因为她的故事起于你，也止于你，可你从来没有在意过，等她关于你的故事戛然而止的时候，你才觉得回味无穷。

没多久罗薇薇真的走了。

【 30 】

罗薇薇走的时候已经临近春节，火车站人山人海的，还是来了很多人给罗薇薇送行。罗薇薇和韩朵、丁琼、张子露四个人抱在一起哭得不成样子，特别是挺着大肚子的张子露，我想谁要是哭得再用力一点，抱得再紧一点，张子露可能就要现场分娩了。

罗薇薇接受了崔哲浩的追求，当掉了咖啡馆，和崔哲浩一起回吉林崔哲浩的老家。

丁琼说："好姐妹我们谁都不许哭了，世界其实很小很小的，只要我们想见面，这两千多公里难不住我们。"

张子露说："是啊，我们应该为薇薇高兴才对呀，这么多年终于找到归宿了，苦日子也就到头了，多好的事呀，我们哭什么。然后伸脚去踢崔哲浩，说：喂喂喂，对薇薇好点，听见没。"

崔哲浩拖着大包小包的行李，被背上一个大包压得直不起腰，却连连点头，每次点完头再抬起来的动作显得相当吃力。

韩朵一把揽过哭得不成样子的罗薇薇，替她擦了擦眼泪，说："别哭了薇薇，比起你的幸福，我们姐妹之间小小的离别真的不算什么。人就像蒲公英一样，总要乘着自己的降落伞，飘落到一个地方去生根发芽，创造自己的世界，近一些的，还可以相互地望着，远一些的，只能远远地想着。可是比起蒲公英，人多幸福呀，我们有电话，有网络，有火车，有飞机，什么时候想起了就能听到对方的声音，还可以看到对方的样子，还有相聚的机会。所以，我提议——"

韩朵突然露出了笑容，一群人的视线被她吸引了过去，她接着说："明年夏天，自驾游到吉林，去看罗薇薇！"

"哇——"

顿时气氛一下被扭转过来，一群女人叽叽喳喳响应着。

韩朵说："我负责提供交通工具，张子露，到时候你孩子也该半岁了吧，把孩子也带上。哎，你们说，那时候的薇薇会不会像现在张子露这样呀……"

我从人群的边缘，揽过崔哲浩，崔哲浩见我还是笑着，点着头。

我问："兄弟，回老家怎么打算？"

崔哲浩说："我妈妈帮我在镇子上租了一间店面，我和罗老板做些生意。"

我说："都快成你老婆了，你还喊罗老板。"

崔哲浩笑了，说："对对对，我老婆。"

我问："你们家离镇子上多远？"

崔哲浩说："坐马车两个半小时应该可以到。"

我问："镇子上通班车吗？"

崔哲浩说："每天早上有一班，10点到镇子上，下午1点回。"

我说："在你跟前我可是娘家人，你听着。"

崔哲浩说："哦哦哦，你说你说。"

我说："薇薇虽然命苦，可从小在城里待大的，不一定能适应你们边远小镇的日子，你要对她再好一点。你看看，她把整个世界都抛弃了，要跟着你回东北吃苦受罪，这样的女人你得好好疼着啊。"

崔哲浩说："是是是，这个我有考虑的。等我们暂时过渡一段时间，有合适的机会，我会带她去长春生活的。"

我说："你东北爷们也太大男子主义了吧，你们那冰天雪地的有什么好的，在西安继续过活不行吗，非要带媳妇回东北？"

崔哲浩说："这个主要是薇薇不愿意，你知道的，我什么都随她的。"

张子露走过来说："你们怎么现在才相见恨晚，早干嘛去了？没听见都响第二遍汽笛了吗？"

韩朵说："马游，别耽搁了，让哲浩走吧。"

我转过头，看见罗薇薇站在车厢里，隔着车窗玻璃看着我们。崔哲浩慌忙抱着行李从我身边走开，进了车门。

罗薇薇突然在车窗玻璃上重重哈了一口气，在那片雾气上写下四个字，然后微笑着看着窗外，然后眼泪再一次从眼睛里滑落。

我再看那四个字的时候，那四个字连同那片雾气一同从车窗上消失了，再后来火车就启动了，就在我低头擦汗的功夫，连同罗薇薇也消失掉了。

那帮女人在站台上站了好一会，直到张子露有点撑不住才各自散去。

走出站台，我问韩朵："罗薇薇在车窗上写了什么？"

韩朵转头看了我一眼，说："唉，薇薇也真是的，有什么话不能当面说呢，非要写在玻璃上，而且从里面写的字从外面看是反的，你没看清楚也不怪你。"

我问："你呢，你看清楚了吧，写的是什么？"

韩朵说："马游，你夏天的时候代我去看看薇薇吧，你什么都不用做，我只要你在临走的时候，混在一堆女人里给薇薇一个拥抱就可以了。行吗？"

我说："好，我带着你。"

韩朵说："不是你带着我，是你代替我。"

我惊讶，说："你这么懒啊，自己不去？"

韩朵说："我怕是去不了了。"

我说："哦？"

韩朵说："我前两天刚刚拿到了佛罗伦萨艺术学院的入学通知。"

我笑，说："哦，恭喜恭喜，这么多年努力终于得偿所愿，什么时候走呢？我们再为你送个行。"

韩朵说："不用了，我怕我没有薇薇那么坚强。"

我问："你要在意大利待多久啊？"

韩朵说："三年，或许更久吧。我也不知道。"

　　这个城市的冬天总是灰蒙蒙的，空气混浊的让你分不清到底是晴天还是阴天。树木也干巴巴的，剩下不多的叶子挂在树梢，早已枯黄，自下而上望去和天一样一样的颜色。

　　那天我和韩朵好有兴致，爬上了城墙，我们趴在城墙的瞭望台旁边，努力想向远处看。高处的空气也清新不了多少，可是韩朵还是指着远方说："马游你看，那是不是薇薇坐的那趟火车？"

　　我说："笨蛋，那是西边，那是佛罗伦萨的方向。"

　　韩朵说："是啊是啊，我说呢火车走这么慢。"

　　我说："你看，那个黑糊糊的家伙是不是佛罗伦萨市政广场的大雕塑？"

　　韩朵说："在哪在哪？呀呀呀，笨蛋，那是那是三桥热电厂的大烟囱啊，哈哈哈哈。"

　　我哈哈笑着，看着同样哈哈笑着的韩朵，韩朵像醉了一样，说着笑着，指着闹着。

　　我顿时目光迷离，恍惚间眼前出现的是那一夜在KTV里，喝酒划拳唱歌掷骰的韩朵。

　　人生若只如初见，不过就是这种感觉。

　　韩朵说："你看我干什么？"

　　我说："韩朵我给你讲个故事。"

　　韩朵说："好呀好呀。"

我说："有个香港男孩在北京认识了一个北京女孩，他们交往的过程中慢慢的互相心生爱慕，迅速热恋，成了情侣。过了阵子男孩的公司要调派男孩去美国，临走前的晚上男孩送给了女孩一个MP3，里面只有一首歌，是陈奕迅的《明年今日》，男孩是想通过这首歌表达对女孩的承诺，让女孩等他一年。结果第二年的那一天男孩果真回来了，他从公司辞了职，带着玫瑰和钻戒去找女孩求婚，不料女孩却已经嫁做人妇。男孩快被气疯了，问为什么，女孩说：你让我等你十年，我怎么能等得了你十年啊！男孩说：怎么会是十年呢，分明是《明年今日》，难道MP3中病毒了？女孩说：什么明年今日，虽然是粤语版，我也听得出陈奕迅唱的是《十年》啊。"

韩朵说："哈哈，男孩不知《明年今日》的国语版叫做《十年》，女孩不知《十年》的粤语版叫《明年今日》。"

我说："是。"

韩朵说："人生好有戏感啊。可是，谁会傻到把自己的幸福寄托在一个MP3上面呢。"

我说："这样不是很浪漫么。"

韩朵说："结局浪漫吗？"

我说："不浪漫吗？"

韩朵说："也是，心酸的浪漫。如果是我我宁愿要窝窝囊囊的幸福。"

我说："口是心非。"

韩朵说："你说什么？"

我笑而不语。

韩朵说："你刚才说什么，我没听见。"

我说："我说，你去佛罗伦萨前如果要送我一首歌，你会送什么？"

韩朵说："让我想想。嗯，我也送你一首陈奕迅的吧。"

我说："哪首？"

韩朵却自顾自地哼唱起来。

我说："喂喂喂，又是粤语版的啊，有没有国语版的，咱就别再闹个误会了吧。"

韩朵说"没有"，然后继续唱。

分搜死内沟低内呀转连

围呀后八降油森么恨脸

东挪工作水告头搞雨乐那么哈一郭豪没天

随六内干松帮六油晕跟面

水当搓降白推杯围油昨友

过好睡隐杯有哄于赛该枕头

了刀夫克困难彩资边扯线木楼

泽根心开是缩到呆 随拿捏在搜

八嘴八三 紫的内卡灵呀队搜啃货

拿死青丝 八灰拥伤余僧来量多

但挪拖着亏和 发燕远吐曾照地法乐

英黑愚内根膀 幻似开似拽等挪色个

演后屯线风增围贼费听过

泽歇年忙内根包她搓燕

玩盼何当森拽五桑沟浅

开挪早哥笨驴早刀楼哈内地足夜呀河发贱

寻威内不应得挪啵啵杭欠

雨呀根丝黑银着四方急搂

给在喉咙奈很洋的其油万模

围内暖森挪在没萧宗降透美透

急降内我笨驴有猴踩碗炕兵嚎

八嘴八三 紫的内卡灵呀队搜啃货

姨伟青丝 八灰拥伤余僧来量多

但挪拖着亏和 发燕远吐曾照地法乐

英黑愚内根膀 幻似开似拽等挪色个

演后屯线风增围贼费听过

呀喷八哥 困帮挪地梅河扣根损诺

门头庆丝 香刀百乐英蓝的裉落

背内哼东丝哥 最后水庆油逗听过

因后赛柳推河 要蹲南蹲在 八根森会赛个

暖刀耐笨森河耐在雨抽挂

母奈内揶哼郭嗖 摸僧缩

我问："这首歌叫什么？"

韩朵说："先说我唱的怎么样？"

我说："嗯，真好。"

韩朵说："拜托，你没听过曲子，不知道我跑调没跑调，听不懂词，也就不知道我咬字真不真，你怎么评价的？"

我说："我哄你开心嘛。"

韩朵说："哈哈哈哈，我真开心。"

我说："快告诉我，这首歌叫什么？"

韩朵说："我不好意思说。"

我说："哦，为什么？"

韩朵说："你看那边，那个圆球是不是夕阳？"

我说："是啊。"

韩朵说："冬天的夕阳好漂亮啊。"

我说："是啊。"

韩朵说："你怎么一直是啊是啊的，你说冬天的夕阳代表着什么？"

我说："我哪有你们搞艺术的这么有想象力的，你说代表什么。"

韩朵说："代表天冷了，我们该回去了。"

【31】

这是我和韩朵见的最后一面。

春节我回到了乌鲁木齐，陪着父母热热闹闹地过了个年，我妈说马游你记性真好，六年没回家还记得地址。

期间我妈积极牵线，我相了几个对象，我妈鼓励我说："我儿子长着吴彦祖一样的高鼻梁，黄晓明一样的双下巴，陈道明一样的小胡子，既性感又洋气又成熟；眼睛虽然小点却还是双眼皮，谁见过这么小的眼睛还能分出来两张眼皮的。去吧去吧去吧，尽情去接受姑娘们的爱慕吧。"

几年不回家，乌鲁木齐的姑娘越发漂亮。

我妈说："再过一个冬天，我就退休了。"

我妈问我："高矮胖瘦，话多的话少的，长头发的短头发的这么多，一个都没看上？"

我说："当年你要是成全了我和乔丹，不是什么事儿都没了。"

我妈摁倒我一顿暴打。其实她早已摁不倒我了，可是有些事，你得配合。

正月初五晚上，接到马脸电话，马脸说："嘿哥们，你太稳得住了，真不打算送送韩朵了吗？"

　　我正陪我爸喝酒，半斤已经下肚，有些晕。我端着酒杯说：
"哦，这么快？什么时候走？"

　　马脸说："别装了，你这会是不是在北京呢？你要是打算在北京
单独为韩朵送行，就算我多嘴了行不行？"

　　我说："关北京哪门子事啊？"

　　马脸说："看来你是真不知道啊，韩朵明天从西安飞，从北京转
机直飞罗马。"

　　我说："我真不知道啊。"

　　马脸说："哥们我觉得这是你最后的机会了，说不定能把韩朵留
下来。"

　　我说："嗨，你也有这么脑残的时候，言情剧看多了吧。"

　　马脸说："女人在这种离别的场合其实内心最纠结，情绪也容
易激动，你再煽情一点，哥们在旁边再给你添点油加点醋，韩朵一感
动，搞不好就为你留下来了。"

　　我说："幼稚。"

　　马脸说："你现在订明早头一班飞机还来得及，我们明天机
场见。"

　　我说："我今天把身份证弄丢了。"

　　马脸长叹一声，说："唉，命啊。"

　　我说："明天你们替我送个别吧。"

　　马脸说："这叫什么事啊。"

我说:"只能这样了。"

马脸说:"还有个事我得通知你一下,正月十五我儿子满月,你抓紧补办身份证,这事你必须到场,这你要耽搁了咱以后就别做哥们了。"

我说:"你胡说个屁,过年前三天都没动静呢,正月十五就过满月?你烧糊涂了吧。"

马脸说:"哥,明天韩朵一走,我们直接从机场上产房,不出三天你侄儿就出世啦。"

我说:"就算你明天把孩子生在飞机场,也不能是正月十五过满月啊?"

马脸说:"你是不知道,过了正月十五农村哪有个人啊,老太太着急啊,要图热闹就提前过了。"

我说:"哦,难得老太太高瞻远瞩,韬光养晦啊。"

马脸说:"就这事,我给我娃讲故事去了,没事就挂了。"

挂了电话,我又和我爸大战三百回合,看得出来老爷子是真的高兴啊。记得我第一次喝酒是14岁的时候,当时我爸一个人正喝的无聊,正好我在旁边,就拉我上了酒桌,给我倒了小小的一杯,就是这一小杯酒,开启了我的酒囊饭袋生涯。到今天13年过去了,我的酒量还是不敌老爷子。那晚我喝得酩酊大醉,以至于我都不记得当晚是谁那么大劲儿把我拖到床上的。

公司正月初八正式上班，我提前一天飞回了西安，回西安的当晚张子露顺利诞下一名男婴，八斤重的大胖小子，我在产房外看到孩子，第一个反应是，这孩子脸也不短啊。当然，当着孩子爷爷奶奶外公外婆，这句话我没说得出。

那晚马脸激动地没睡着，我陪着他在楼道里抽烟。

马脸说："我媳妇和我爸杠上了。"

我问："哦？一般都是媳妇和婆婆先开火，张子露倒是厉害，直接找公公交火，张子露一定懂得'射人先射马，擒贼先擒王'的道理，她学过兵法吧。什么情况？"

马脸说："还不是为了给孩子取名字的事，露露给孩子取了个名字，叫朱子华，我爸说不行不行，哪有叫竹子花的，竹子开花那是个啥玩意啊。我爸又给取了个名字叫朱强，露露也死活不愿意，说他爸是猪上树儿子是猪上墙，这一家怎么就没个正常的。"

我说："我当多大个事儿呢。"

马脸说："你现在单身你不知道，家里的矛盾就是这些小事引起的。"

我说："那折中一下，叫朱子强不就完了。"

马脸说："咦，这倒是个主意。"

我说："你还记不记得那天，我们送罗薇薇的时候，最后薇薇在车窗上写了什么字？"

马脸说："你取名字还比较有灵感，那就再帮你小侄儿取个小名吧，不要什么明明伟伟刚刚宝宝，要有个性的，但是不要太复杂，也不要太拗口，意思要吉利，不要太小气，要和宝宝的属相匹配，也不要太女性化，能对宝宝的性格有好的影响，对他以后的发展有好的帮助，最好不要和古今中外的名人重名，英文的就算了，我们一家大老粗的，英文名字叫起来一定很拗口，哈哈，我妈一口老陕腔，要是说英文肯定很滑稽，哈哈哈哈。"

　　我说："薇薇……"

　　马脸说："哎呀呀，不要这么俗气的好不好，满大街都是叫伟伟的，换一个换一个。"

【32】

日子往前过了一个夏天，一个冬天，一个春天和一个秋天，再一次春暖花开的时候，我们真的开车去了趟吉林。

这次出行一共五人：我、马脸、张子露、丁琼。

还有孙梅。

这是一次前所未有的旅行，它甚至都不曾出现在我的想象中，两男三女一辆车，日夜兼程，奔向远方。我和马脸交替驾驶或者交替睡觉，三位女士集中说话或者集中睡觉，所以车上时而喧闹无比，时而安静异常。

此刻，我驾着车，行驶在夜色中的京哈高速上，很少看到别的车辆，大概是因为我们上高速没多久就封路了吧。

封路的原因是下雪，东北的雪也如乌鲁木齐的雪般巨大无比，可区别在于：乌鲁木齐的雪像抖散了的鸭绒枕头，东北的雪却像车灯这把锋利的刀尖划在黑夜的石头上，蹦出来的密密麻麻的白色粉末。

此刻安静极了，已过零点，其余四人早已酣然入睡，漆黑的夜色中这辆车独行在大雪中的京哈高速上。车灯犀利极了，把黑夜一分为二，却丝毫也阻止不了雪片的纷飞。我的感觉好极了，感觉自己像雄鹰一样翱翔在雪夜的天际下，自由无比。天空漆黑一片，我的眼睛却明亮异常，看得见每一个拐弯的方向。

可是此刻，我却紧贴地面，双手紧握方向盘，力道均匀地踩着油门和刹车，我的一个小小的失误，极有可能造成极大的后果。

我想起一句歌词：我的脚步想要去流浪，我的心却想靠航；我的影子想要去飞翔，我的人还在地上。

人生好喜感啊。

你笑什么？

这么静的夜里突然从后排冒出这么一声，我吓了一跳。是孙梅的声音。

孙梅说："吓到你了吧。"

我说："你这突然一声我差点把方向打偏了，幸亏对你的声音熟悉。"

孙梅说："不好意思。"

我说："你醒了？"

孙梅说："我一直没睡啊。"

我说："头一次跟我们出门，害怕了吧。"

孙梅说："倒没有，我害怕你睡着了，所以一直看着你，想陪你说说话，又看你开得那么专心，就没打扰你。"

我说："梅子，你下次看到一个人开车开得很专心的样子你一定要打扰一下他，因为他的心思已经跑到九霄云外去了。"

孙梅说："哦，这样啊。那你刚才在想什么呢，还一个人笑？"

我说:"我在想,我以前一直在想象一个场景,就是在类似这样一个夜晚里一直开车,把车从冰天雪地里开到春暖花开的地方,等你们睁开眼睛的时候才发现,哇,另一个世界。可是我的人生老是反的,我今天却是载着你们从春暖花开开到了冰天雪地,你看我的人生是多么的无厘头啊。"

孙梅也笑了,说:"冰天雪地也是另一个世界啊。"

我说:"你真的觉得无所谓?"

孙梅说:"嗯,无所谓。"

我说:"可是他们可能不这样想。"

孙梅想了想,说:"那回来的时候,我们从东北回西安的时候,是不是就和你想象的场景一模一样了?"

人生的玄机就这样被身后这个女人三言两语轻易解开,我顿时大彻大悟。

我说:"哇,你真聪明。"

孙梅说:"不不不,我不聪明。聪明的人容易迷茫,笨人才容易满足。"

我说:"哈哈,你说得真好。"

孙梅说:"哈哈,你这么夸我我很满足。"

我说:"对了梅子,你还记不记得,我陪你练车的那段时间,我们两个互相有一个咒语?"

孙梅说:"嗯,你的已经实现了。"

我说:"你的不也快了?"

孙梅说:"不对,那个还是你的。"

我笑:"好吧,我的我的。"

现在的孙梅是一名幼儿老师。

尽管是第一次见面,薇薇还是送她了很多礼物,以至于在另外两个女人由于聊得太累而呼呼大睡的时候,薇薇还要拉着孙梅,走街串巷的买了很多朝鲜族和满族女孩子穿的衣服和戴的帽子。

我说:"梅子,这个阶段你得让薇薇多休息,别把她累坏了。"

孙梅说:"唉,盛情难却啊。你看我戴这顶帽子像不像嬷嬷?"

薇薇和哲浩在镇子上开了一家茶叶店,生意不咸不淡,却时常有外地来这里旅游的人在店里买些当地土茶,哲浩说他已经在长春谈好一个店,过了夏天就接手,去长春再开一家蔷薇咖啡馆。

哲浩带我和马脸去爬山打猎,或者去看一些当地的特色景点;薇薇、丁琼和张子露她们彻夜聊天,第二天说好和我们爬山却呼呼大睡几乎一整天;孙梅时而跟着我们,时而跟着她们。我们一共在镇子上待了三天。

一如韩朵所言,临走的时候薇薇和每个人一一拥抱,我混进女人堆里也给了薇薇一个小小的拥抱,我觉得我的拥抱不够真诚,有些敷衍了事。

比起一年前,薇薇一直没哭,站在台阶上微笑着看着每一个人,也不说话。哲浩扶着薇薇，像极了一年前西安火车站的站台上，马脸扶着张子露。

时间真的像回到了一年前，我们隔着车窗，静静地挥手告别。只是今天，隔着浅浅的几步台阶，时空错乱，站错了主客双方的位置。

我们哈出的气，在车窗上凝结成了雾气，我突然想到，那一刻罗薇薇写在车窗上的字。

时过境迁，我已无从知晓那四个字究竟是什么内容，只是今天，既然双方站反了位置，那么我就只能努力猜想，如果我要写四个字给罗薇薇，我会写什么？

薇薇突然说："马游再见。"

我重重地释怀，人生多像一场走了一圈又回到原地的旅行，你我都不曾聚，也不曾离，只是看了一圈花花世界而已。

我挥手微笑，说："薇薇再见。"

赵一凯的公司发展顺利，业务成倍扩大。在这一年春天，赵一凯租下了文艺大厦的整个17层，按照整体安排，技术部门统统搬上17楼，16层留给了营销部门。

赵一凯为我准备了一间单独的办公室，比原先我们混用的那间还大。这间办公室原来是美编室，有四位主人：韩朵已远赴重洋；戴小丁在韩朵走后不久就辞职回了老家；另外两位已搬家到了楼上。偌大个房间就剩了四张桌子和一些散碎的文件。

　　门口那张最旧的桌子是韩朵曾经用过的，她走后这张桌子一直空着没人用。我拉开抽屉，里面还留了些破旧的小东西，充电器，光碟，用了一半的指甲油和护手霜，会员卡，半截铅笔和一些硬币。

　　这个邋遢的女人去了异国他乡，会不会影响到东方女性在意大利人民心目中的形象？

　　我准备彻底收拾一下这个桌子，当我同时拉开柜门和柜子上面的抽屉的时候，从抽屉和柜子的夹层掉出来一样东西。

　　这是一张被叠成了方块形的大张画纸，纸上布满了灰尘，却叠得异常仔细，一个角一个角对得整整齐齐，也非常平整，平整得没有一丝褶皱，所以才可能在它的主人某次拉抽屉的时候不知不觉滑落到夹层里。

　　我小心翼翼地抻开这张画纸，它比我想象的要大，以至于对折了四次才能放进抽屉。

　　这是一张工笔画，画面上是一个青年男子的肖像，小眼睛，双眼皮，高鼻梁，双下巴，小胡子。

　　我把它平铺在桌子上，画面上那张脸似乎没有任何表情，只是静静地看着你，静静的，静静的。

　　仿佛从来没有被抻开过一样。